只想吃你

廢物少女饞食記 END

Novel✦陸山水 Illust✦MIKI

梁依依★ ★ ★ ★ ★

永遠吃不飽又對普通食物不感興趣的囧系少女，人生格言是「識食物者為俊傑」，雖然不僅天然呆而且天然軟，但卻是一個為了食物可以豁出一切的大吃貨星勇士。且看這位就算是看到殺雞都會顫抖的弱雞少女，如何為了一口吃的，哆哆嗦嗦向前衝……

★ ★ ★ ★ ★顏鈞

一個完美強大的男人，出身高貴，無所不能，帥得天怒人怨，聰明到地動山搖，對女性則毫無耐心；愛好是戰爭、打架、工作、學習，幾乎毫無缺點。

（眾人腹誹缺點：霸道、自負、傲慢、粗暴、無情商……）

他這樣一個人，居然會敗在一個愚蠢的女人手上，敗倒的起因是——對方要「吃」他？！

卡繆·拉瓦德 ★ ★ ★ ★

天痕軍校副校長，上將軍銜，英俊古板，嚴肅正直。雖非本意，但由於他過分講究事實，總是很天然的毒舌，對資料數據有著執著的忠誠，熱愛鑽研資料數據與科學，是學術領域的天才人物。

★★★★陸泉

顏鈞的首席侍從官，文質彬彬，斯文俊雅，精明過人。雖然經常要為顏少爺收拾爛攤子，但是鞠躬盡瘁死而後已。

閃電★★★★

顏鈞鍾愛的寵物，一隻翠羽黃身的鳥，頭頂有形似桂冠的三根美麗翹毛。牠非常聰明，而且相當傲嬌，學顏鈞的口吻說話及聲音都很像，喜好甜食。

★★★★林棟

顏鈞的重要侍從官之一，生化領域的傑出青年才俊，天生毒舌，時不時以諷刺少爺和嘲笑瑞恩為樂趣。

瑞恩★★★★

英俊清秀的金髮白皙青年，一個過分浪漫的生化學精英，總是有奇怪的詠嘆調詩意冒出來，熱衷於實驗觀察和記錄。

INDEX

第一章✦有顏鈞，so easy!

送走文大師後，顏鈞站在通道口，捏著下巴陷入沉思。

陸泉等人也攢眉不語，各想各的。

一會兒後，陸泉突然道：「我聽剛才文大師的敘述，雖然他講得玄之又玄，極盡讓人好奇，但對於所謂的『獵食者』卻講得不清楚。他所知道的都來源於塞厄的筆記手札，年歲很久遠了，他剛才之所以盡量誇張、一唱三嘆、一波三折、講講停停的，無非就是要引起我們的好奇與信服，讓我們不得不對他掏出實話。但即便知道他的目的，我們也沒辦法……正如他所說的，如果我們想研究梁依依，那麼，可能還是要靠他。」

「獵食者……」林棟感慨道：「如果一顆未開化的星球上，在物種進化中強於其他物種的智慧生命，會占據食物鏈的上層；而在類似於貝阿文明這種程度的文明星系中，像少爺這樣的，最先發現並掌握高能級的β能量、並且適應了宇宙空間生存的巡航者，會占據食物鏈的上層。那麼……如果真的如同塞厄的見聞筆記中所寫：獵食者可以抽取巡航者的β能量，並且使用β能量就如同使用自己的身體一般流暢輕鬆，擁有匪夷所思的強大能力，那豈不是說……在這個宇宙叢林的金字塔中，獵食者是高於巡航者的？」

「甚至是……」瑞恩用筆敲了敲下巴，補充道：「獵食者，狩獵巡航者？他們才是……食物鏈霸主？」

幾人互相看了一眼。

梁依依……強於少爺？！

以霸主姿態坐在少爺的頭上？！

眾人想像了一下局促無能的梁依依坐在金字塔的頂端害羞的俯視少爺的場景……不約而同的開始狂搖頭。

「想多了，別開玩笑了。」羅奇銘道。

「這不科學。」瑞恩道。

「理論依據不足，僅僅只有相似性而已。」林棟道。

顏鈞抱著手臂來回走了幾步，不知道為什麼，他現在一想起梁依依，滿腦子都是她那些莫名其妙的蠢話，還有她抓著他的手、仰起頭看他的弱雞樣子。真是怪了，看來過於靠近一個人，就像過於深入一座山，將無法客觀的分析它的全貌。

顏鈞瞥一眼陸泉，就像在疏理思路一般沉聲問：「梁依依的特長？」

陸泉微頓，腳跟一併，果斷回答：「吃！」嗯，沒錯吧，他當初可是全面研究過她的資料。他補充道：「幾乎可以一整天不間斷的一直吃，而且不易發胖，消化能力……非常驚人！」

顏鈞頓了一下，反覆想了想，他女朋友的特長就是「吃」？這樣就沒了？怎麼可能就這麼點內涵？！這讓顏鈞很沒有面子，他停住腳步，瞇眼斜看了陸泉一下。

優秀的馬屁精，哦不，優秀的侍從官陸泉先生立即善解人意的補充道：「當然！梁小姐還善於品鑑全星系的美食（愛吃），擁有豐富的物種鑑別知識（能吃），而且擁有最挑剔、高雅的味覺審美（會吃）……」那個排在最熱衷食物第一位的，估計就是少爺您了，「當之無愧是一位**頂級的、**

淵博的、星際的美食家！」

顏鈞勉勉強強的點點頭，「嗯，講得還算務實……繼續回顧。」

陸泉繼續背誦資料：「梁依依值得注意的特殊點有幾個，一是她的父親梁為，他是地球聯軍第一代的生化改造人，基因上也許就此有了異變；第二，她出生在遭受戰創、嚴重輻射的地球，雖然梁家是軍人家庭，擁有完整的高抗輻射裝備，但地球的惡劣環境可能也是造成她異常的原因之一；第三，她幼小時期還經歷過一場星際磁暴。」

「據梁母介紹，梁依依在胚胎期汲取的養分便異常的多，梁母懷她的時候也極其能吃，而且不得不什麼都吃，吃光了儲備的淨化食物後，不得不吃地球上被輻射的原生生物。但很奇怪，兩母女都沒事。地球人的體質本來就弱，在進入一級文明後雖然有大幅提升，但他們的基因有高度集成和易被改寫的特點，非常容易受到宇宙射線、高能粒子和輻射的影響，食用了重度汙染的水和食物，不可能像現在這樣幾乎沒有後遺症。」

「嗯。」顏鈞點頭，示意他繼續。

「如果套著獵食者的特點去分析，有幾大疑點，除了『吃』β能量，梁依依完全沒有體現出任何有用的能力，她不具備攻擊性，而且她的『吃』法，完全沒有狩獵優勢。」陸泉道。

「或許……她是一名進化中的……」林棟思索道。

聽到「進化」一詞，顏鈞一頓，驀地想到卡繆那個老東西讓梁依依做的「能量實體化訓練模型」……難道梁依依真的能練出能力？

他思索半晌，一言未發，正準備抬腳回房，陸泉開口叫住他。

「少爺。」

顏鈞回頭。

「加上文大師，已經有幾個人知道了梁依依的特殊，而且沒有一個人是我們目前可以控制的。且不說研究她的未來潛力，只說她現在的用處——能幫助巡航者突破超級閥這一點，就有可能引發戰爭了。」陸泉推了推眼鏡，道：「還有半年，勒芒．德普路斯會議就要召開了，我們不能讓任何個體巡航者有超過你的可能！那等於將大把的利益拱手讓出去，所以……少爺，請想想對策吧！」

顏鈞點點頭，似乎早就想好了般，一字一句的道：「死遁吧。」

「死遁？」

「讓她『死』在某個萬眾矚目的情況下。人死了，總不能再叫我交人吧？即便他們不信……」

顏鈞聳肩，「那就找啊！找到算他們的。嗤，沒有任何一個家族，會為了某個子姪口中未經證實的、毫無實際證據的片面之詞，就想與我顏氏開戰。戰爭的理由是什麼？為了一個據說能吸取β能量、不知生死的女人？誰信？」

說罷，他轉身離開了。

陸泉突然又想起什麼，伸出手似乎想叫住他，但隨即又閉上了嘴。他剛才居然想到一個很無聊的問題——梁小姐要是「死」得永世不能露面，那麼少爺，你準備娶哪個小姐回薩爾基拉？總有一天將軍會壓著你結婚啊！

但他立刻又覺得自己吃錯藥了，這時候想這種無聊事。

……★……★……★……

打開主臥室的門，顏鈞停在門邊。

梁依依正倚在桌子邊，嘴裡「吧唧吧唧」吃著零食，手裡握著手機講話。她回頭看了一眼門口，挺拔修長的顏鈞正面無表情的站在那兒，以一副揣摩和分析的表情看著她。

「薛麗景，我先不跟妳講了哈……嗯，顏鈞回來了。」梁依依掛斷手機，轉頭看著顏鈞緩步走過來。

略微貼身的禮服襯衫穿在他身上，修身，亦沒有埋沒隱約的肌理曲線。最上方有兩顆釦子沒有扣上，鎖骨隱約可見。

他停在梁依依的背後，瞇眼俯視她。

由於顏鈞太高，他這樣莫名其妙貼在她身後俯視她，就像頭頂的燈罩似的遮住了梁依依頭上好大一片光，她彆扭的轉過身來，仰頭疑問道：「啊？」

顏鈞左左右右看了她一會兒，沒忍住好奇。她這樣一天不停的吃，他餵的那些東西都被她吃去哪兒了？

顏鈞伸手去探梁依依的肚子，梁依依反射性的發現有冷酷無情的敵人想探查她的小碉堡，她立即「咻」的一聲吸氣收腹，藏起她羞澀的小肚子！

「……」顏鈞頓了頓，默默的在她軟肚子上摸了摸，鄙夷道：「妳這是收腹了？收腹了還有！嘖……」

梁依依不好意思的狡辯道：「那是因為我剛才吃了不少，但是我消化特別快，很快我就會消化掉這個『圓形小碉堡』了。」

顏鈞隨意的嗤笑一聲，瞇眼在她身上上下掃視著，思考她的能量問題。她每天進行著如此高熱量、高頻率的能量攝入，卻沒有匹配高強度的運動與消耗，竟然沒有造成脂肪囤積，那麼那些能量都去了哪兒？她還直接吸收能量等級最高的β能量，同樣的，吃了就吃了，也沒有下文。

這不對啊！不守恆啊！

梁依依見顏鈞對她又摸又瞄的，視線非常「灼熱」，不禁臉紅了起來。她其實也明白他的意思了，她深深感慨自己不再是十七歲的懵懂少女，都已經十八歲了（=_=）……而且，顏鈞這種眼神的意思，她好像也比較了解了。

梁依依清醒的後退一步，特別誠懇坦率的對顏鈞說：「顏鈞，對不起，我知道你想親近我，嗯……」她嚴肅沉思著，又說：「其實我也很想親近你，但是我媽媽說，如果沒有她的審查同意，我們是不可以……的……」她捏手害羞，「就是……哎呀你懂的啦！」她嬌羞的捶著顏鈞。

顏鈞莫名其妙被她捶了好幾下胸，瞪著她，把她亂七八糟的話想了一遍，道：「什麼？！妳怎麼突然說起這個？還有，我為什麼要經過妳媽媽的審查同意！本少爺想做什麼難道還要她批准？」

梁依依覺得他的這個問題問得很奇怪，「當然啦，她是我媽媽呀，我是她養育大的，她至少擁有我一半的製造權和產權。」

「嘖，她只養了妳十八年，我要養妳幾十年。妳想想，妳的產權是不是應該歸我？！我就是妳的天！妳聽她的還是聽我的？！」顏鈞的殺人視線逼視。

梁依依屈服於顏鈞的淫威，艱難的思考了一會兒道：「好吧，我聽你的……」她微微一頓，雙眸閃閃的看向顏鈞，問：「但是你可不可以聽她的？」

「嘖！」顏鈞掄起拳頭就想揍她，惡狠狠的抬起手，卻只是輕輕抹掉她嘴角的一點零食屑。

梁依依被他裝腔作勢的凶樣逗得笑了笑，她伸手握住他粗糙寬大的手掌搖了搖，自作主張的說道：「那回去就去看我媽媽好嗎？就這麼決定了啊！哦，還有啊！」她突然想起來，「顏鈞你幫我告訴白上校啊，告訴他你同意了。」

「同意什麼？」顏鈞乜斜。

「同意我……」梁依依興奮的傻笑著，「拍廣告啊！」

「什麼？！」顏鈞愕然。

……★……★……★……

暮色晶痕的直航道中，一支陣型緊密的獨立團飛速通過一道關隘，一艘華麗的大型禮賓艦被拱衛在鐵灰色的戰鬥團中央。

在禮賓艦的斜後方，有一艘看上去尋常無奇的護衛艦。

在護衛艦大餐廳內的薛麗景，趴在全景牆邊看著外面的宇宙。她時而無神的望一眼梁依依所在的禮賓艦，時而痴痴看著虛無的遠方，有時候在牆上用手指悄悄寫著「門奇」，然後又驚慌的用手掌擦掉，有時候低頭傻笑起來，有時候又突然清醒過來打自己一巴掌……

真不知道她在幹什麼。

餐廳門自動滑開，白恩目不斜視的大步走進來，完全沒注意到牆邊的小矮子。他風風火火去自助吧檯邊拿飲料和吃的，選完一、兩樣便放在小機器人手上，粗魯的踹它一腳，讓它端去桌邊放著，然後自己回頭接著挑，等會兒會有一大批操蛋懶人過來吃東西，不多準備點不行。

薛麗景還是痴痴的凝望著無盡的黑色虛空，在小機器人經過她身旁的時候瞥它一眼，於是她很自然的拿走了它托盤上的食物，而後一邊吃，一邊繼續她時而胡思亂想、時而出神的狀態。

小機器人滑到桌邊準備擺放食物，但看著手上空空的托盤，似乎 CPU 卡了一下，而後又只好無助的滑回白恩腿邊，揚起頭，用圓溜溜的一對大黑眼看著他。

「嗯？！」白恩看一眼這腦殘機器人，又看一眼空蕩蕩的長桌，心想：東西呢？你丟哪兒去了？我叼！果然白穆林出產的家用機器人就是不可靠！

他憤憤然又拿了兩塊蛋糕給它，極具夜旗軍傳統的一踹，然後轉身找他最喜歡的低度拉蘇酒。

小機器人小心翼翼的捧著東西滑向長桌邊，路過神神叨叨的薛麗景時，又被她麻木的伸手一撈……

「嘀，嘀——」小機器人驚慌無奈的滑回白恩腿邊，仰頭。

「我叼！」白恩轉頭遍尋一圈，看到了全景牆邊那個吃得悠然自得的矮子，他把手裡的酒往機器人托盤上一放，大步走到矮子身旁，惡意俯視她。

察覺後方有動靜，薛麗景轉過身，看到一堵壯實胸膛，然後抬起頭，看到一名下巴上還掛著鬍碴的英俊熊男子，正非常尊敬、極其鄭重——她認為的——看著她。於是她強打起精神，拿出熱情的交際風範笑道：「這位長官！你好呀！」

白恩盯著她的頭頂看了半天，末了覺得還是不跟她計較算了。才到他鎖骨位置的矮子，眼睛上還架著兩個黑框，精神狀態還不正常，真可憐。

這時候，勤勞的小機器人又來了，它小心翼翼的托著酒，靈巧的穿過白恩與薛麗景之間，準備傍著白恩的長腿滑向長桌邊，正當它即將成功穿過「白恩之腿」這個關卡時，卻突發了意外事件。

白恩低頭看到機器人後，腿賤的習慣性踢了它一腳；小機器人被踹得往前一突，就自然而然的撞倒了薛麗景；薛麗景無處可扶，便下意識的伸手一扯……白恩的襯衫就這樣被扯得爆衫了，釦子崩落得滿地都是。

薛麗景同學兩手一扯、兩手都很用力，扯出了衣領、扯出了平衡、扯出了春光，她默然盯著白恩的大好胸膛看了許久，而後又抬頭看了一眼他抽搐的黑臉，驚醒，連忙小心的為他將襯衫塞回去，大力一拍他胸肌，拍馬屁道：「長官你身材真棒！」然後她又默默的後退一步，往凌亂不整的襯衫縫隙裡看了幾眼，再次真誠的豎起大拇指讚道：「長官你有八塊腹肌！」

「尼……叼……尼……尼瑪……」白恩口吃著，像是看腦殘瘟病般斜眼看著她，而後用力把上衣一攏，奪路而出。

陸泉等人正在控制室裡聊事情，白恩不期然的大步闖進來，招呼也不打，就一屁股坐到中控椅上，煩躁的抖腿敲扶手，看上去略顯暴躁。

「你怎麼了？」陸泉瞥他一眼，「衣服也不扣，很熱嗎？」

「白恩，吃的擺好了嗎？太棒了！走吧，我們去餐廳說吧！」瑞恩積極道。

「嘖！」白恩沒有正面回答，反而打斷他們的話，道：「你們幾個！禮賓艦那麼大，幹嘛要跑到我護衛艦上來！影響我們的正常防衛！」

「哦，你得了吧，我才不要待在那兒……」羅奇銘哀號。

林棟淡定道：「現在整艘禮賓艦上，都飄蕩著少爺刺鼻嗆人的詭異怒氣，經我的分析，該怒氣的組成成分應該有50%的欲求不滿，20%的誤會丟臉，20%是即將拜訪女方家長時的焦躁不安，還有10%的處男之怒♂明確指向遙遠的白穆林。」

「也只有梁小姐才能在少爺變換著各種角度瞪她的時候保持這樣的泰然自若吧。」

「她那是麻木不仁吧……」

「嗯，是啊，還能在少爺敲桌打椅的時候，興致勃勃的餵他吃東西。」

「並且讓少爺糊裡糊塗就同意了讓她拍廣告。」

「嗯，戰鬥力成謎、防禦值最高的，其實是梁小姐啊……呵呵～」

「……其實少爺讓她拍廣告，也有自己的考慮。如果真的要死遁，這是一個打造萬眾矚目話題的好機會嘛！」

「嗯，況且她即將被關一生啊！就這麼點小要求，當然要滿足。」

「白穆林和圖克還真是……一不留神就讓他們拐帶了梁小姐，對於壓榨我軍任何相關人物的剩餘價值，他們都是不遺餘力。」

「白穆林好像一直沒有放棄讓少爺拍賣肉廣告的想法，來推銷他那款滯銷的潛行魚Z型弧光炮。」

「就像門奇替『那崔卡』拍過的那個？裸上身扛火炮狂奔賣肉？他想讓少爺拍？！哇哈哈——真是瘋了……」

「嘖，你們幾個別閒聊了，到底決定了沒？誰跟我去？」陸泉插話，再次提出這個問題。

「去？去哪兒？」白恩問。

「陪同少爺去拜訪梁任嬌女士。」陸泉解釋，「根據地球的風俗習慣，這次拜訪顯然是非常重要的，包含女方家長對男方的刁難性質的嚴峻考核，它的成敗關係到少爺下半身的幸福，所以這次跟我一起去的人一定要做好打硬仗的心理準備，要……」

陸泉話還沒說完，白恩就立刻揮手打斷他，「我不去，我要操練駐軍，很忙的！」

陸泉於是看向餘下眾人。可眾人紛紛低頭看手，抬頭看燈，遠目看宇宙……

這種攻克橋頭堡（丈母娘）的戰鬥，絕對的費力不討好，除了要當綠葉襯托少爺的偉岸，還要當盾牌抵擋丈母娘的攻擊，更要犧牲尊嚴吸引丈母娘的仇恨，幹好了沒他們的事，幹不好就要承受少爺處男之怒↑的攻擊……所以，不去，堅決不去。

……★……★……★……

半小時後，禮賓艦駛近了斐爾尼科濟星球。

白羅生的光履引橋就在前方，牽引著顏鈞所帶的獨立團入港。

片刻後，禮賓艦和兩艘隨行護衛艦落在白羅生的空中泊區內。

顏鈞拉著梁依依的手，兩人從禮賓艦上慢慢的走下來，下方列隊的廠區軍人立即齊刷刷抬手敬禮，「啪」的一聲，就像與空氣擦出了火花。

白穆林站在最前方，笑得鳳眼斜飛，見牙不見眼的，就像看到了兩捆鈔票慢慢走下來。

他無視顏鈞的黑臉，熱情的迎上梁依依，不辭辛勞的帶她參觀一號廠區，還拿了幾把袖珍模型槍讓她玩，然後隆重介紹了他重金請來的地球族裔大導演——撕片兒包哥先生。

包哥對地球同族梁依依小姐的外形條件進行了一連串強力的、沉重的、慘無人道的表揚，將梁依依誇得差點飄起來，小臉紅紅的，要用力捏著顏鈞的手才不至於讓自己同手同腳。

到了拍攝場地後，包哥拿出筆記本，介紹了幾個廣告場景，據說簡單又不乏精采，既能烘托人、又能烘托物。

「依依小姐，您先背背這些詞？」

「好。」

梁依依便開始認認真真背詞，包哥期待的看著她；半個小時後，梁依依還在兢兢業業的背詞，包哥耐心又期待的看著她；再十五分鐘後，梁依依還在自言自語的背詞，包哥震驚又期待的看著她……

顏鈞以為這破導演替她安排了多麼複雜的臺詞，走到她背後一看——兩個廣告，總共才十句話！

「梁依依，妳在這裡翻來覆去背什麼啊?!十句話妳要背這麼久?!」顏鈞忍無可忍的低吼。

「不是啊，我只是在思考我該用什麼樣的表情和語氣來表現，哪個地方是不是該停頓一下，哪個地方要重音。你不懂的，這些我肯定都要預想一下。」梁依依很有心得的對他揮揮手。

「依依小姐您真是太有天賦了！」包哥絕不放過一絲拍馬屁的機會，「自己就知道揣摩這麼多！您有過藝術類的表演經驗吧？」

梁依依不好意思的謙虛道：「沒有，只有過一點點底層的表演經驗啦！小時候跟媽媽跳過社區廣場舞，幼稚園的時候拿過健美操大獎，小學一直擔任學校的播音員，初中一直是啦啦隊的……」

「難怪啊！這些都是豐富的表演經驗啊！那依依小姐您完全不用擔心拍廣告會生疏，不如您先試一次？您要是怕忘詞，就從詞多的那個試起？先說庫尼生化吧？」

「好的。」

梁依依拿起庫尼生化的魔術美人貼托在手中，在眾人的注視下略有一點緊張害羞，她帶著鄰家女孩的可愛笑容，娓娓道：「早上使用它，讓您一天精神煥發、神采飛揚；晚上使用它，讓您睡得香甜、美麗入夢……透過它的內部調理，使您……」

顏鈞挑起眉頭，沒想到梁依依居然說得像模像樣的，一頓都不頓，這不科學啊！

梁依依對於自己初次嘗試就這麼順利也很高興，笑容不禁更燦爛幾分，說完最後一句臺詞「有庫尼，so easy～～」就結束了，她有些振奮的將美人貼高高托起，以更加鏗鏘響亮的聲音，順利的結尾道：「有顏鈞！so easy～～」

林棟：「……」

陸泉：「……」

瑞恩：「……」

白穆林：「噗……」

顏鈞抬手，捏眉心。

第二章 ✦ 顏少爺送的彩禮

翌日，飛往霜河星區的船隊中——

白恩和林棟等人坐在會議桌邊，低頭捂嘴憋著笑，都在偷偷看梁依依的拍攝花絮。這幾人原本不願意陪顏鈞來拜訪梁女士，但結果還是一個個跟來了。

陸泉站在顏鈞身邊，正鄭重的翻資料，「根據書上的記載，中國的傳統風俗中，男方第一次到女方家中看望女方父母，是一定要送上足夠有誠意、有分量的禮物，如果是去求娶對方的女兒，那麼這個禮物更加講究。少爺，你這一趟雖然不是去求娶，但考慮到你的本質目的就是要得到梁任嬌女士的認可，從而獲得隨意使用梁小姐身體的權力……」

「咳咳咳！」顏鈞嚴厲的瞪了他一眼，什麼身體什麼權力！胡說八道什麼呢！

林棟默默的向陸泉豎起大拇指。

陸泉推了推眼鏡，為了照顧少爺那點薄面子，委婉點道：「好吧，總之，從你的根本目的和想要達成的效果上來說，性質是與求娶差不多的。所以，少爺你要準備的禮物，就相當於中國民間所說的……」陸泉在書上翻了翻，「彩禮。這個彩禮，在民俗中相當於女性的身價禮，禮物的價值與女方在男方心目中的地位相當，當然，也與男方的經濟實力有關。」

經濟實力？顏鈞默默的挺起胸。

「第二個，就是溝通的問題……我們最好使用流利的中文與梁女士溝通，顯得更有誠意。」

流利的中文？顏鈞再次挺胸。

「用中文？啊！太棒了！沒有問題！我還會使用傳說中的四字成語！少爺，請由我為你草擬發言稿吧？」瑞恩興奮的請纓道。

「得了吧你，你掌握的四字成語總共就五個：人面獸心、高潮不斷、狼心狗肺、寡廉鮮恥、富麗堂皇。你想準備怎麼用這些詞寫發言稿？」林棟不屑道。

「當然可以，你要相信我的才華……」瑞恩嘀嘀咕咕思索片刻，靈光一閃，站起來雙手一按會議桌，清了清嗓子後道：「這樣不錯，大家請聽，咳咳——尊敬的梁任嬌女士，今天，我帶著我的軍隊前來拜訪您，雖然他們看上去人面獸心、非常凶悍，但是我們都有著一顆真誠的狼心狗肺，請您寡廉鮮恥收下這些富麗堂皇的禮物，我向您保證，如果您將女兒交付給我，我一定會給她幸福，讓她一生高潮不斷……」

「瑞恩！」顏鈞腦袋冒煙用力拍桌。

「嗯？……寫得不好嗎？」瑞恩有些鬱悶的坐下來，「我覺得很富麗堂皇啊……」

白恩已經笑傻了。

半個小時後，三角陣型的獨立團逼近左迦納星球，在亮出醒目的六翼鐵花徽印後，從防衛區到關隘口，一路暢行。

……★……★……★……

盧森市，平安社區內——

梁任嬌女士春風得意的挽著一個菜籃子，裡面放著許多菜。她特地在社區的花園裡像花蝴蝶似的轉著圈慢慢走，跟這個人打打招呼，跟那個人聊聊天。

同是軍屬好姐妹的秋天和荔枝走在她旁邊，兩人是特別從外地趕過來的，今天要幫她撐場。梁女士身後跟著十幾個整齊列隊、穿著軍裝的精悍小夥子，一臉嚴肅與警惕，身上都帶著傢伙，帶頭的那個中尉還不時的掃一眼周圍那些老老實實、不敢靠近的社區居民。

「連姐，買菜回來了？都買些什麼呀？看，我也剛買菜回來。」梁任嬌亮了亮菜籃子。

連姐有點遲疑，害怕的看一眼她後面的那些軍人。花園周圍老早就圍了一圈人，只是都不敢湊過來。

「哎……我也買菜呢，妳買這麼多菜啊？不少人吃吧？」

「梁任嬌。」原姐走近她，好奇問：「妳怎麼回來了？不是說去大星球了嗎？」

「哦！」梁任嬌等的就是這句話，她撥了撥耳邊的頭髮，笑道：「我女兒的對象啊，今天第一次來看我，我肯定要回家裡招待他呀。」她帶著「原姐妳懂的」那種笑容，拍拍原姐的手道：「原姐妳明白的嘛，小顏這趟來就是……那個意思，我肯定要在家裡迎接他。」

「姓顏啊……」

「真的姓顏。」

「看來是真的啊？」

「等等看吧，我還是覺得不可能。」

周圍的人竊竊私語。

原姐想了想梁任嬌的話，震驚道：「哦！那他是來……天啊！梁依依年紀還小，難不成妳就考慮把她嫁了啊？！」

「哎！原姐，瞧妳說什麼呢！只是帶對象來讓我看看，行不行我還不一定同意呢！」梁任嬌掩不住的得意。

周圍人的臉色瞬間由紅變白。他們早就聽說過傳聞，但都覺得太胡扯了，誰信啊！不過現在看來，不管是真是假，今天就能見分曉了。

一旁的元荔枝斜瞟了梁任嬌一眼，搖頭，「小人得志。」

梁任嬌俐落的回頭，白她一眼，小聲道：「元荔枝！怎麼說話呢！又想跟我吵架啊！我梁任嬌這個境界和氣質擺在這裡，怎麼是小人得志？我這是絕不忘本、這是與鄰居同樂！」

「是是是，妳不忘本、妳不忘本……」荔枝慢悠悠的拍了拍她的背，自己心裡嘀咕：「誰昨天義憤填膺的說『我梁任嬌絕不貪慕那點虛榮』……今天得意得都快臉冒油光了……」

一旁專注打毛衣的秋天道：「嬌嬌，妳得快點回去準備菜了，說不定妳女婿一會兒就上門了，妳這完美丈母娘的形象可得端好啊！」

「哎！走！」梁任嬌精神奕奕的走了幾步，突然又彆彆扭扭的強調道：「他還不是我女婿呢，我還不一定同意呢！我梁任嬌的寶貝女兒是那麼好娶的？」

「喲，嘖嘖……」元荔枝撇撇嘴。

梁任嬌一群人走後，平安社區裡的人差不多全聚到花園裡來了，大家你推我搡、口沫橫飛，還有使勁打電話叫親戚朋友來看熱鬧的，吵鬧聲嘈雜得像菜市場一樣，人們時不時的看看社區門口，就是不肯走，都在巴望著看熱鬧。

「李燕，妳也來看啊？」連姐笑咪咪的看一眼李燕。

這個李燕，之前在社區裡吹噓過她女婿的表妹林姚交了個天大的男朋友，也說是顏煦將軍的兒子，結果後來被揭穿是假的，被笑得灰頭土臉。所以這回換梁任嬌來吹，大家都不太信。

一個多小時後，有不少人堅持不了，回家吃飯了。

這時，天空中緩緩壓來一片黑沉。

「老陳快看！天上那是什麼？！」老李拿扇子拍了棋友一下。

老陳瞇起眼抬頭一瞧，天上就像濃雲滾滾而來一般，兜頭罩來一大片黑沉，連雲朵都被劈開，連陽光都被遮擋，照這個模樣看，怕有小半個盧森市都被這黑影壓著。

「那是……那是……一艘飛船？」老陳不大肯定，「難道真是梁任嬌那個未來女婿？」

「屁話！哪兒有那麼大的飛船啊！我又不是鄉下人，飛船我見過，就一小間房子那麼大！」

「那是什麼？」

「呀，好像是……老天啊！好、多、軍、艦！」

「多德人！肯定是多德人打進來了！」

「啊？！」

「胡、胡說！多德人怎麼可能繞過前線打到我們偏遠後方來？！」

「那……說不定是羅門人來趕盡殺絕了？！」

「還說什麼呀，先跑吧！」

人們尖叫驚慌的往家裡撤，社區門口打盹的保全人員也醒了過來，下意識的往天上一看，嚇得從椅子上摔了下來。

禮賓艦內，顏鈞正在整理衣裝。他俯視著下面渺小陳舊的平民社區，從高空俯瞰下去，那些緊密的居民樓就像歪斜生長的瘦弱樹幹，社區中央有一座小花園，就像禿子頭上的一撮小毛一般，看上去可笑又可憐。

他皺眉道：「為什麼梁伯母一定要回這裡？」

陸泉瞟了一眼，道：「大概是為了向朋友炫耀吧，她的女兒能得到像少爺這樣優秀的男人，也確實是件值得驕傲的事。」

顏鈞了然的揚起下巴，得意的撇嘴一笑。

「讓資訊通訊聯隊落地，轟炸、機步、重裝聯隊遠離大氣層待命，偵測與前驅聯隊近地警戒，其他聯隊原地待命。你們幾個，跟我下去。」

顏鈞帶著陸泉等人走出控制室，梁依依正等在臥室門口，低頭擺弄裙子。

顏鈞揚著高傲的下頷、目不斜視往前走，在路過她時一把將她摟進懷裡，虛虛環著她的腰向外走去。

平安社區門口，兩名保全左手舉著鍋蓋擋在前面，右手捏著鏟子，哆哆嗦嗦的一點一點往外挪，他們遠遠看到好多飛船黑壓壓的停在半空，有一艘落地，一排穿軍裝的人下了飛船，等在兩邊，然後一男一女走了下來。

「是、是多德人嗎？」保全A顫抖問。

「蠢貨，多德人有三隻眼！那不是！」保全B直起腰。看來不是什麼入侵者，沒事帶那麼多軍艦來幹什麼，想嚇死人嗎！

梁依依遠遠看到兩個保全，燦爛一笑，揮手道：「葉叔叔、原叔叔！」

「哎？是梁依依啊。」

兩個保全將鍋蓋和鏟子放下來，湊了上來，一個向梁依依打招呼，一個盡忠職守的攔住顏鈞問道：「這位長官……您、您是，哪個部門的？」

顏鈞隨意瞥了他一眼，保全打了個哆嗦，下意識往後一退讓開。

梁任嬌家裡，秋天正坐在陽臺上打毛衣，順便替梁任嬌望風，她打完一邊袖子低頭一看，只見一列軍人已經走進了社區，後面跟著兩個猶豫的保全，還有越來越多的社區居民聞風而來，就像沒吃過肉的大尾巴狼似的，睜著一對八卦的大眼跟在他們後頭、向這棟樓走過來，梁依依一直在沒心沒胏的叔叔伯伯一路瞎喊。

秋天連忙跳起來，跑進房裡喊：「梁任嬌啊！人來了！」

廚房裡的梁任嬌立即緊張得一彈，把廚房的溫控模式打開，拿出鏡子著急的左照右照，然後讓荔枝去開門。她深吸一口氣，走到客廳端坐下來，兩腿併攏斜個十五度，然後微微一笑，端得跟太后似的。

而秋天和荔枝兩人學著梁任嬌的樣子，分別端坐在「太后」兩邊。

站在外面的護衛隊們嘴角一抽，不忍直視的扭過頭。

顏鈞等人走到三樓，一拉開門，就看到三位端莊的女士一齊朝他們微微一笑、輕輕點頭。

梁依依本來雀躍的一跳，正要興奮的撲進媽媽懷裡，卻被媽媽僵硬的微微一笑嚇得腳步一頓，但她還是走過去拉著她媽看了一會兒，傻憨憨的在媽媽懷裡蹭了蹭撒嬌，然後抬頭小聲問：「媽媽，痔瘡又發了吧？」

「啊？」梁任嬌疑惑的斜了女兒一眼。

「疼就別笑了，臉都抽搐了。」梁依依輕輕的為媽媽摸了摸背。

梁任嬌氣得狠狠瞪了她蠢閨女一眼。這孩子若不是她親生的，她真恨不得掐死她！

她順了一口氣，站起身來，很有儀態的使用著不標準的通用語，對魚貫而入的幾位高大小夥子道：「林們賴啦，灶上耗啊，請隨地小便！」

「……？！」顏鈞一愣。

元荔枝拉了拉梁任嬌的衣袖小聲說：「那個好像是『請隨意小坐』？」

「哪是啊！沒錯，就是這麼說的。」梁任嬌甩開她的手，堅持己見。

秋天也猶豫小聲道：「而且現在都下午了。」

梁任嬌橫她一眼，「我只會說早上好！」

「咳咳。」門口的顏鈞握拳在嘴巴邊咳了咳，他挺直背向前一步敬禮，僵硬的調整出一個溫和敬重的表情道：「梁伯母好！我是顏鈞！您可以用中文交流，我們的中文都很流利！」他的口音帶著一股奇怪的捲舌音和爆破腔，有點社區門口賣烤肉串的味道。

瑞恩不甘落後的上前炫耀，敬禮道：「伯母好！我是瑞恩・薩迪斯！」他的口音相當含糊，帶著一股和稀泥的味道，還自以為流利，特別亢奮的道：「我很榮幸來到您富麗堂皇的家裡拜訪，我們和少爺一樣狼心狗肺，我們會共同努力讓您的女兒高……」

陸泉眼明手快一把捂住他的嘴，瑞恩還不甘心的掙扎著想炫耀他的四字成語。

「……潮……不……」

陸泉只好以軍體格鬥的速度擒拿住瑞恩，將他扔到眾人身後，接著心驚膽顫的一抹汗，併腿敬禮道：「伯母您好，我是陸泉，您早就見過我了，我們都是少爺的部下。」他伸手碰碰顏鈞的胳膊，以示他該說話了。

顏鈞張了張嘴，不知道為什麼有點緊張，來的路上他還渾不在意、只想速戰速決，但一看到這位獨自將梁依依養大、有著和藹的圓臉、正在小心打量他的中年女士，他就逐漸緊張起來……當然了，只有一丁點。

「伯母。」顏鈞微微點頭，一板一眼道：「第一次見面，我準備了一點見面禮給您，希望您喜歡。」

他揚了揚右手，白恩大步過去推開陽臺落地窗，一艘小飛船停泊在幾百公尺高的空中，從陽臺上正好能看見。飛船從高空中投影出許多奇怪的物種影像、飯店和莊園資料等。

「我知道您是一位偉大的廚師，醉心於菜肴的藝術，所以我為您搜集了一些宇宙中最稀有的可食用物種，還有瑰寶級的秘密菜譜，當然還有一些膚淺的物質禮物，不值一提，請您笑納。這只是小小的見面禮，真正代表我誠意的禮物，我想等一會兒再給您。」

梁任嬌看了一眼小飛船，雖然心裡嚇了一跳，但想了想他的身分，也就沒太多驚訝。她上上下下看著顏鈞，越看越滿意，笑容越來越和善，點了點頭，招呼道：「都沒吃飯吧？我準備了飯菜，特地做了十幾人的一桌菜，來，都桌邊坐下，吃著聊。」

她轉身朝荔枝和秋天一使眼色，兩人心領神會的起身去幫忙端菜。

梁依依也像小尾巴似的跟了上去想幫忙，她在家做家務很勤快的，但是梁任嬌女士回頭給了她一個眼神，往顏鈞的座位邊一努嘴。

「不用來，妳給我好好坐著。」

然後她們三人往廚房裡一鑽，元荔枝激動的拉著梁任嬌的手說：「真不錯啊！妳得讓梁依依抓牢他啊！」

秋天點頭，「對啊，他那個地位、身分，對妳畢恭畢敬的，就跟像上級彙報似的，看得出來他把依依看得很重啊！」

荔枝說：「我就不說他的條件了，這男人性格感覺很不錯，沉穩、可靠，說話一板一眼的，像個軍人！」

梁任嬌得意得不行了，「喲喲喲，是妳們看女婿還是我看女婿啊？一個個比我還滿意。」

荔枝翻了一個白眼，「行，妳就得意吧……可惜了我生的是個兒子。」

秋天邊打毛衣邊嘟嘴道：「是啊，早知道我再生個女兒。」

客廳裡，梁依依有點莫名其妙的坐回顏鈞旁邊，她伸出手，將小手往顏鈞的手掌下面塞，捏一捏他道：「想不到，我在梁任嬌女士的家裡也有當客人的一天。」

顏鈞被她捏得放鬆了一點，瞥她一眼，道：「那妳以前都是當什麼？」

「主人啊！梁女士說，梁依依要時刻發揮主人翁的精神，主動愛護這個家，承擔起主人翁的責任來，積極做家務，勤勞當助手，看到工作別拖拖拉拉，乖一點幫媽媽做了。她說，雖然我學習一般，又瞎能吃，但是如果我努力鍛鍊自己賢慧的品格，以後還是能找個好婆家，去吃婆家的。」

顏鈞抿嘴笑了一下，瞇眼瞪她，「妳賢慧什麼啊？！」

「我不賢慧嗎？」梁依依不承認。

元荔枝端著菜出來，看到梁依依向顏鈞撒嬌的樣子，趕緊湊到梁任嬌旁邊說：「看！看那小情人感情好的模樣，妳等會兒就別太刁難人了啊！」

梁任嬌這個高興啊，都快飄起來了。

梁依依一眼看到門沒關，外面雖然站著好幾個護衛隊軍人，但樓下拐角那裡依然聚集了一堆踮腳偷看的腦袋，門口還時不時有假裝路過的鄰居走過，有個鄰居都路過十幾回了。她問道：「媽，吃飯不關門嗎？」

梁任嬌大手一揮，「不關，天熱，透氣！」

——就是要讓他們看！我梁任嬌縱橫平安社區這麼多年，今天真是達到了人生輝煌的頂點啊！當然要讓他們看！

一桌人擠擠挨挨的，一邊吃一邊聊，眾人雖然依舊挺腰直背一絲不苟，但總算放鬆下來，陸泉和林棟等人都是能說會道的，大家逐漸有說有笑。

梁依依仍舊保持著「只要吃到好吃的、一定要夾點讓顏鈞嚐嚐」的習慣。以往顏鈞會橫眉瞪眼的罵她，然後一臉不情願的全吃了，不管是梁依依吃過的，還是自己不喜歡的；但這是在人家母親面前，他只好把前一個罵人環節省了，二話不說吃東西。真是沒腦子的蠢貨，就擺在面前的菜也要夾給他，難道他不會用筷子嗎？！真想揍她，憋死他了。

梁任嬌滿意的看顏鈞一眼，餘光瞟到客廳門外，李燕也在那兒假裝路過，於是她趕緊拿瞬潔毛巾抹了抹嘴，放下筷子，裝作很不經意的問道：「顏鈞啊，我們依依呢，年紀還小，我呢，是不贊成你們太早結婚的，所以你說說看吧，你是怎麼打算的啊？」

顏鈞拿筷子的手一頓，陸泉等人也停了手。他們沒想到梁母會如此突然直接的問這個問題，而且催問的意味……很濃厚。

顏鈞顯然也毫無準備，表情略顯驚訝。

正在吃小金邊蓮的梁依依愣了愣，小臉刷的紅了，她剛想說「媽妳怎麼會問這麼奇怪的問題、為什麼會突然說這個呀」的時候，顏鈞就開口了。

他皺眉，思考幾秒，道：「伯母，您……我……我不會娶她。」

梁任嬌的湯勺脫手，滑進碗裡。她愣了好一會兒，重複道：「什麼？」

顏鈞看了看對面滿臉震驚的梁女士，又看了一眼客廳門，低聲重複道：「……我，不能娶她。」他當然可以解釋，但不是在這個毫無保密性、大門大開的民居內，他沉聲道：「另找一個時間，我可以向您解釋……」

梁任嬌手掌帶風的狠狠一拍桌，震得桌上的菜盤都輕輕顛了一下，她瞪著眼睛，道：「解釋什麼？！你是什麼意思？！那你這趟來是幹什麼來的？！玩著我們母女好玩嗎？！什麼飛船什麼莊園！有點勢力了不起啊！我梁任嬌又不是賣女兒的！」

顏鈞不得不承認自己被這位氣勢十足的母親震懾了一下。他緊張的抿抿嘴，轉頭對門口的護衛道：「把門關上！」

「不准關！」梁任嬌呼啦一下站起來，「不用關！你們給我滾！馬上滾！」

陸泉見事態如此，而且梁伯母顯然激憤當頭，這個環境又不適合解釋，他小聲湊到少爺身邊，附耳說了一陣話。

顏鈞眉頭擰得很緊。說實話，他有點著急了，他覺得這事應該立刻說清楚，但陸泉說得對……

顏鈞站起來，微微彎腰，無奈道：「晚一點我再來拜訪您。」他伸手，下意識的就想把梁依依拉起來。

梁任嬌大步過來拍開他的手，用力將女兒往身後一抓，火氣幾乎要從鼻孔裡噴出來，「你別想再帶走她！從今以後，滾得離我女兒遠遠的！我告訴你，你不要看我女兒軟趴趴的好欺負，她的脾氣是最倔、最堅持的！我們老梁家別的沒有，骨氣有的是！馬上滾！」

眾人只好站起來慢慢往外走，不用說，大家都有點目瞪口呆了。

顏鈞緩緩走到門外，回頭看，看到梁依依低著頭，被梁母捏著手，站在她氣喘吁吁的母親身後，長長的黑髮垂下來，擋住了臉……不知道是什麼表情。

他一咬牙，準備回去把兩人帶上飛船講清楚，但是門「啪」的一聲，被另外一位中年女士狠狠的拍在他臉上。

……★……★……★……

夜已經黑了。

薛麗景在校監察處的大辦公室裡規規矩矩坐了一會兒，向值班老師彙報她遲到半天才報到的原因，老師問了她幾個問題，詳細做了記錄後就批准她回去了。

她心裡都要嘀咕死了，要不是顏鈞他們半路拐去了貝阿星系的另一個懸臂，說是要替梁依依拍什麼廣告，她怎麼會遲到！幸虧她意志堅定，在凶殘的八卦誘惑面前奮力抗爭，沒有跟著去看熱鬧，果斷要求自個兒回來，不然她還不知道要遲到幾天，肯定會被監察處罰寫悔過書寫到死……

就在她走出辦公室門的時候，口袋裡的手機突然響了，拿出來一看，居然是梁依依這個背叛組織的壞分子。

「喂！梁依依同學！妳還好意思打電話給我啊！廣告拍完了呀？我跟妳說哦，我有一肚子話想跟妳講，但是總找不到機會，這一路我怎麼覺得我被你們隔離了呢？幹嘛這麼隔著我啊？難道我薛麗景身上長病菌嗎？我……哎？喂，妳、妳怎麼了？」

「薛麗景……」梁依依在另一頭，聲音小小的。

薛麗景站在走道中央，握著手機靜靜聽著。

許久後，她有點激動的想插嘴，嘴巴一會兒張開、一會兒閉上，像條剛上岸的魚。

「梁依依！」她終於忍不住大聲打斷她的話。聽到這種事，薛麗景一瞬間的氣都到了嗓子眼裡，正在想著是該先罵顏鈞還是先安慰梁依依的時候，忽然就聽到背後輕輕的「卡吧」一聲。

她回頭一瞧，看到了披著陰影站在後面的那位上將大人，他一手輕輕的放在門上，表情晦暗不清，看樣子是正在關他的辦公室門。薛麗景醒悟過來，這可是監察處的大走道裡呢，人來人往的，還好她剛才沒有一時激動破口大罵。

薛麗景朝他敬了個禮，彎腰匆忙說了句「老師好」，就捏著手機著急忙慌的往外跑了，一邊跑一邊小聲說：「依依妳等我五分鐘啊！馬上好！」

卡繆眼睫低垂，面無表情，漠然關著門，直到那位女學員跑出了一百公尺的距離，他才收回了他的資料束觸角。

他盯著光滑的晶塑門板看了一會兒，伸出手捏了捏眉心。

梁依依飯也沒吃，坐在自己的臥室床上，捏著手機，聽薛麗景在那邊劈里啪啦的講道理。

梁媽在門外轉來轉去，心裡又氣又急，這是她閨女十八年來頭一回主動不吃飯啊！天要塌了啊！

房內，梁依依聽著電話，抬頭望著窗外，已經不知神遊到哪裡去了。

「梁依依我告訴妳，他們這個層次的人就是這樣，根本不可能娶平民的！我早就在替妳擔心這個了！妳總是不用大腦思考，只知道吃吃吃啊開心就好啊！現在受到衝擊了吧？不過沒關係——」薛麗景習慣性的一劈手，「這事現在發生，對妳來說反而是件好事！妳就長痛不如短痛，跟他分手吧！」

薛麗景一向嘴快，驀地說出這句話時自己都愣了一下，隨後她想了想，並不覺得自己的這個決定是莽撞的，於是她屏息等著梁依依的回答。

梁依依睫毛抖了抖，垂下頭。

「喂，聽到沒有？我可是字字句句在為妳著想！都說情人之間是勸和不勸分的，但那也要看情況。像妳這樣的情況啊……這麼說吧，如果妳是一朵有氣魄、有手段、有能力的霸王花，我一定會堅決支持妳的！只要妳確定自己和顏鈞的感情，那麼妳就能想盡辦法消滅一切的阻礙！但是妳不是啊！妳只是一朵路邊的無名花朵而已，現實的巨大車輪碾過來，會壓死妳的呀……」

薛麗景頓了頓，又道：「梁依依，妳還是再找個平凡可靠、會真心對妳的男朋友吧……雖然我也知道這種事都是旁觀者說起來容易，當局者做起來難……」不知道為什麼，她突然消沉了幾秒，然後又恢復既有的幹練振奮，大聲問：「梁依依！妳到底有沒有在聽啊？妳說說妳的想法呀！」

「聽著啊……」梁依依無神的盯著窗外，無意識的重複她的話：「分手……再找個……真心對我的……」

鬼鬼祟祟蹲在樓下的顏鈞差點跳起來，他狠狠的按著耳朵裡的監聽耳麥，氣得一會兒暴躁的站起來、一會兒壓抑的蹲下去。

薛麗景震驚道：「啊？妳……妳真的這麼想啊？！」她突然又有點慌。不會吧，她不是應該反覆掙扎嗎？這麼容易就放棄？雖說是自己慫恿的，但是……但是……「哎，梁依依妳還是……還是考慮清楚哦，千萬別我說什麼就是什麼，其實我也不見得明白你們之間的事啊，我有時候就是圖一時嘴快啊，妳……」

這時，梁任嬌女士端著一碗香噴誘人的菜，將臥室房門打開一線，在門邊拿扇子使勁搧，小聲問：「梁依依，吃不吃？」

梁依依聞到香味，跟小狗似的用力抽了抽鼻子。

聽到梁依依居然發出了「抽泣聲」，薛麗景更加緊張了，關心道：「依依，妳、妳可別哭啊！不是，我亂說的、我亂說的，我知道妳心裡有多難受，我知道的，妳喜歡他、信賴他，他居然這麼辜負妳，所以我想跟妳一起罵罵他，這樣妳說不定心情就好了……」

顏鈞一聽到梁依依在抽噎，立刻著急的站起來，望著三樓陽臺，在底下繞來繞去。

梁依依聞著味道終究沒忍住，回頭看了一眼老媽端著的汁多味腴、色澤誘人的金鐘鳳梨燒，嚥了嚥口水。

完了完了，薛麗景一聽她都哭得喉頭哽咽了，頓時著急死了。這丫頭，無聲忍耐、淚在喉頭什麼真是太傷心了！

顏鈞仰著頭，臉都變色了。

薛麗景想了想，說：「依依，沒關係，妳哭吧，哭出來吧，沒人會笑話妳的……」

「我沒有哭啊。」梁依依見媽媽端著金鐘鳳梨燒走進來，目不轉睛的盯著，小聲道。

薛麗景嘆了一口氣，心知肚明道：「好吧，嗯，我知道……妳沒哭。」

梁任嬌女士將香噴美味的菜放在閨女旁邊，輕輕摸了摸她的腦袋，知道女兒在跟好朋友說話，很體貼的帶上門離開了。

薛麗景在那頭靜默幾秒，知道此時自己不該聒噪，還不如給梁依依空間讓她放聲哭一場，於是她貼心道：「依依，那不如，我一會兒再打電話給妳吧？妳……先休息休息。」

梁依依端起了鳳梨燒，小聲道：「好的。」

顏鈞一聽那個惹人厭的薛麗景終於掛了電話，立即點著牆沿向上攀躍，輕而易舉翻上了梁依依房間的窗沿，拉開窗，悄無聲息的落在她身後。

梁依依背對他坐在床上，細瘦的肩頭縮起，有時輕微聳動，右手時不時抬一抬……

顏鈞知道……她是在擦眼淚。

他低頭摸了摸鼻子，繞著她的床角轉了兩圈，湊了上去，但走到床邊又有點理虧情怯的感覺。

此時梁依依有如被淚嗆到般抖著肩使勁咳了咳，那哽咽咳嗽的感覺，那小肩膀抖得如同風中的小葉子，顏鈞咬牙切齒的嘆了一口氣，伸出手把她抱進懷裡，緊緊的摟著。

梁依依嘴裡含著鳳梨燒，右手還拈著一塊，吃得像隻花貓似的回頭，默默的看他。

「嗝。」梁某人打嗝。

「……」顏鈞絕無僅有的深情臉被半路截殺，一秒變猙獰。

他正要習慣性的瞪她怒吼，梁依依卻輕飄飄看他一眼，刻意無視，轉回頭，繼續捧著碗吃。

顏鈞瞬間被她那一眼看服氣了，也不知道她究竟是什麼意思，總之顏鈞認為，她那看似隨意的一眼裡，包含了對他的嗔怪、埋怨、傷心、失望，當然還有無數的眷戀和不捨。她誤會了他的意思，當然傷心絕望，但是又太愛他，所以心情複雜，這些他都明白的。所以，雖然他對她這種不敬的態度很不滿意，但他還是願意忍她一會兒。

顏鈞摟著梁依依就是不肯放手。

等梁依依慢慢吃完，顏鈞咳嗽一聲強調自己的存在感，然後想說話，梁依依卻當他不存在一樣渾然不理，掙扎了兩下想去放碗，顏鈞只好長手一攔，幫她放在床頭櫃上。

放好碗，顏鈞再度咳嗽一聲強調存在感，接著準備講話，梁依依又扭來掙去要拿紙擦手，顏鈞只好長手一撈抽兩張紙，包住她的手粗魯的替她一根根手指擦乾淨，還小聲恨恨道：「竟然敢讓本少爺替妳擦手……」

梁依依聽到這話，又不作聲的使勁把手抽出來。

「嘖！」顏鈞兩道軒眉一絞，又想瞪她，可是被梁依依黑瑩瑩的兩眼一看，又硬生生的想調整成「溫和」的表情，結果不成功，只好板著臉。

梁依依見無法跟他武力抗衡，反正掙扎不出去，就乾脆舒舒服服往後靠著。

顏鈞見她終於屈服在自己「強壯有力的臂彎」中，撇嘴笑一笑，說：「梁依依，妳們啊，根本誤會我的意思了，妳聽我慢慢跟妳講啊……」

他揀主要的原因簡明扼要的講完，又講了講以後對她的安排，然後偏頭看一眼她的側臉，有點不好意思，道：「所以……我又不是……我又不是不願意娶妳……」聲量突然變小，「我只是……有原因嘛，咳，男人的事情妳又不懂！」最後又恢復大聲。

他等了一會兒，沒等到梁依依豁然開朗、感動理解的反應，倒是等到門外的一聲斷喝。

「梁依依！妳房裡怎麼有男人說話？！」話音未落，梁任嬌就開門闖進來，上下左右翻來覆去的找，十八年來保護女兒驅趕臭小子的靈敏身手完全展現。

「不是那個渾小子來騷擾妳吧？！」

梁依依看了一眼老媽，也沒說什麼，把碗遞給她道：「媽，吃完了，真好吃。」

梁任嬌接過碗，摸摸女兒，半晌後道：「閨女……閨女妳聽媽的啊，媽也不會說大道理……我知道，妳跟我一樣，有點認死理，認準了誰……」她輕輕的嘆一口氣，聲音小了，「認準了誰，就認一輩子，當然不排除是我們懶……不過！」她突然揚起嗓音，「顏鈞那個人，他絕對是在玩弄妳！而且還特別坦蕩，不以為恥、反以為榮，好像我們理所當然要倒貼求他似的！我呸！」

衣櫃裡的顏鈞臉一紅，衝動之下打開門說：「我不是玩弄她！」

梁任嬌驚訝的回頭，正要發怒，顏鈞兩大步雷厲風行的走到她面前，單膝一彎、讓人震驚的往下狠狠一砸，右手橫在胸前而後向上立起，以貝阿人發誓的姿勢起誓道：「我顏鈞絕對不會做玩弄女人的事，更加不會……更加不會玩弄……玩弄……我的……我……」他臉突然漲得通紅。

梁任嬌和梁依依都疑惑的看著他，心想：怎麼了？像卡住似的。

「我更加不會玩弄我心愛的女人！」他像噴火似的一口氣說了出來。

梁依依的臉一瞬間紅熱透了。

「咳！」顏鈞也感到很不好意思，他調整片刻，說道：「梁、梁伯母，我很小的時候就失去了母親，所以什麼日常交流、溫情的講話我都不擅長，也不會表達感情，經常說錯話，即便造成誤會我也不屑於解釋，因為我……我確實不需要擔憂這些無足輕重的誤會。」

顏鈞保持單膝觸地的姿勢，臉很紅，顯然這種推心置腹的交流方式讓他感到彆扭與陌生，但他還是順著腦子裡的想法繼續道：「但是，我不想讓您誤會。」

梁任嬌的表情有些動容。

「我們顏氏，在幾百年前其實是有地球血統的，我們的一位祖輩，因為一些誤會遭到地球流放，他帶領軍隊在宇宙裡流浪，不斷學習與融合，加入了許多新鮮血脈，後來扎根貝阿，所以我們顏系上下都要求不忘地球祖輩的歷史與文化，必須通會中文……我講這個的意思是，我們其實，是差不多的，意思就是……嘖，本少爺的意思就是……」

「行了，我知道，你想跟我們套交情嘛，想辦法找共同點嘛！小夥子還挺狡猾……」梁任嬌瞥了一眼他那高貴的膝蓋，心裡想著這個膝蓋恐怕就只跪過皇帝和顏大將軍，今天居然讓她嘗到了新鮮，她又得意又有點緊張，忙道：「行了！你起來說吧，我可受不起。」

梁任嬌讓到一邊站著。

顏鈞於是站起來，跟在梁任嬌背後，把剛才向梁依依解釋過的內容再說了一遍，不過全部換上了敬語，還在末尾補充道：「這一切都只是暫時的，星空之下的事情瞬息萬變，可以預料到，用不了多少年，我顏鈞一定會成為整個艾芙蘭大星群中佼佼領先的那個人。」

說到這裡，他下巴略揚，雙眼微闔，那股「老子天下第一」的氣勢再度回來，化作磅礴亂竄的煞氣，讓梁任嬌女士有點害怕。

顏鈞繼續道：「那時，不會有我需要顧忌的人了，沒有人。」他自信的俯視著梁女士。

梁任嬌有點不舒坦的躲了躲他那凌厲帶刀鋒的眼神。這小夥子，看人的眼神怎麼都跟想說「拖出去斬了」似的。她擰著眉，低頭想了想，她當然明白他的意思，他的話聽上去是很實在，也沒有說得盡善盡美，但是心裡對依依是有計畫、有承諾的，反而顯得誠懇。

她嘆了一口氣，心想人家小夥子跪都跪了，實話好話發誓的話也說盡了，她再不給點好顏色，那也顯得太沒有長輩的氣度了。

梁任嬌抿抿嘴，道：「行了，再說吧，我還得看你表現！不過啊，你這麼大晚上亂闖少女的房間那可不合適啊！你先回去吧，先回去。」

她緊緊盯著顏鈞，盯著他磨磨蹭蹭跳窗戶出去，然後她親自走過去把窗戶內鎖鎖了，又對梁依絮絮叨叨說了一陣，見閨女的臉還紅著，說話暈乎乎的，不知道還在為哪句話害臊呢，便戳了戳她的額頭，笑著關門出去了。

不到一刻鐘後，不屈不撓的顏鈞又攀著窗沿爬上來了，經過偵查，敵方護衛艦（梁母）已撤離，現在只有腦子不好用的主腦艦（梁依依）在裡面，可惜這回窗戶被鎖牢了。

他側身坐在窗沿邊，輕扣窗扉，小聲道：「喂，蠢貨，開窗戶！」

梁依依看到他，臉更紅了，揪著裙子上的花朵出了一會兒神，搖頭。

「怎麼?!還生氣啊!我不是都解釋了嗎?!」

梁依依撇撇嘴，「你解釋了，我就消氣嗎?你向我解釋的，和向我媽解釋的來比，完全是兩種態度。」

「嘖，矯情……」顏鈞挺戀戀不捨的在她臉上看了好幾眼，道：「別裝了，妳看看妳，臉都紅透了，一見到我就喜歡得不行了吧?快點開窗!」

梁依依害羞的撓撓臉，也看了他幾眼，不甘示弱道：「你臉也很紅，你還不是喜歡我喜歡得不行了……」她想到什麼，熱氣熏熏，慢騰騰的揶揄他：「我還是……你心愛的女人呢。」她眼睛濕漉漉的，高興死了。

顏鈞差點從窗沿上摔下去，他又懊惱又害臊，又有一丁點高興，看到梁依依被他這句話逗得心花開了一般，臉紅紅的、眼亮亮的，又有些得意。他抿脣，忍不住臉熱，亦忍不住的勾起嘴角笑道：「……那還不快開窗戶。」

梁依依白了他一眼，看似不情不願的走過來，扭捏的低著頭，慢慢將內鎖打開，顏鈞立刻俐落的在空中一躍，準備在梁依依開窗的瞬間帥氣的騰躍進去，但是光顧著嬌羞的梁依依沒意識到窗戶是朝外開的，於是她用力往外一推，帥氣鬆手的顏鈞就被她撞下去了……

「啊——」

「誰？！」

「誰砸我家晾衣桿！」

「誰啊？！賊？！」

「有小偷？！」

「有小偷！抓小偷啊！出來抓小偷啊！」

「快出來——還是個內衣賊啊！」

有著傳統熱血、熱愛抓賊的平安社區瞬間沸騰了。

梁依依站在窗戶邊，內疚的咬了咬指甲。

第三章 ✦ 我眼裡是妳

翌日清晨，平安社區幾百個人從窗口伸出脖子仰起頭，目送梁依依和梁任嬌女士坐上顏氏的飛船，緩緩升空而去，化作渺渺天空中的一個光點。

看到這一幕，不少人心裡都是百感交集。

有人鄙夷不屑——

原大姐嘆道：「唉，一直以為梁任嬌是個有骨氣的，結果也敵不住這天大的好處啊！人家都明說了不娶梁依依，梁任嬌竟然也甘心讓女兒沒臉沒皮的跟著他……」

老陳嗤笑道：「哼，道德敗壞、賣女求榮！這種人有什麼好看的！」

李燕撇頭，「不要臉！我呸！」

有人羨慕嫉妒——

連大姐感慨道：「哦喲，她這一去，馬上就跟我們徹底拉開層次了咧，以後她梁任嬌就是真正的上流人物了。」

老李笑道：「唉，也不失為一種境界的提升啊！」

李燕頭撇另一邊，「了不起啊！我呸！」

有人恨——

李燕怒道：「這母女兩個都是@＃＊貨，當第三者還光榮嗎！以為這就一飛沖天了嗎！我好好看著妳們怎麼飛上去，我再看著妳們怎麼摔下來！哼！呸呸呸！」

……★……★……★……

星空之中，顏氏的獨立團已迅速駛離霜河星區，向著薩爾基拉古宅所在的灰土星區全力驅馳。

灰土星區是八大傳統的夜旗軍軍統區。由於夜旗軍的軍紀嚴明苛刻，統治層保持著數百年如一日的穩定，因而軍統區中的行星居民大多數安居樂業、民生安穩。

薩爾基拉古宅是整個顏系的祖宅，位於樂文星球的冰池區，它有空、地兩層，幾乎覆蓋了一個縣府的面積，占地極其廣袤，由上百組園林與大型建築群交織組成。它並非一個尋常意義上的宅地，而是整個夜旗軍派系的祖居地，其中不僅有顏氏，還有如同手足骨幹和中流砥柱般的六大姓：白、羅、陸、林、薩迪斯和扎克，亦即夜旗軍軍徽上的「六翼」。

因此，薩爾基拉古宅龐大、幽深、神秘、疏密交織，其中有綿延數千平方公尺、空無一物的綠茵地，也有許多獨自佇立在山崗上的荒廢空院，還有一些明明有數不清的空地、卻偏偏要擠在一起的宅子。它不像一片舒適美觀的住宅群，更像一座布局奇怪的城池。

美琳夫人，是當之無愧的顏宅第一大管家，五十歲上下的年紀了，依然有著挺拔合適的身段；由於她很少有面部表情，因而臉上幾乎沒有皺紋。

她帶著三十人的管家隊伍站在顏宅的門口，下巴抬起一個習慣性的弧度，眼簾略略向下帶，通身的氣勢與驕傲。她的驕傲並非來自於身分或權力，而是來自於她自落地出生以來對顏氏的忠誠，和顏氏回報她的敬重。

一名女僕從屋裡小心的跑出來，用雙手將一張小紙條遞給她。

美琳夫人展平紙條，幾乎沒有低頭，只是垂下眼簾一掃，便抿脣點點頭，將紙條撕碎，臉上的表情毫無變化。

紙上只寫了幾個關鍵字：小人物，長住，不會結婚，暫且感情較好。

對於一名管理大府五十年的老管家來說，只需要了解這樣的關鍵資訊，待「客」的規格與態度、住地的層次與布置，便大致在她的心裡了。

飛船放下顏鈞等人後，便升空飛向了薩爾基拉的空泊基地。

顏鈞軍靴踢踏，大步走來，旁邊是被他緊緊拉著的梁依依，後面跟著越來越緊張局促的梁女士。

美琳夫人的眼中幾乎沒有旁人，她朝少爺略一點頭，微微彎腰。

顏鈞拉起梁依依的手正要簡單交代一下，美琳夫人便先一步道：「少爺，將軍正好在主持遠端會議，既然您回來了，請去書房裡見見他。至於別的事情，您無須操心。」

顏鈞臉色立即為之一變，回過頭，對梁依依道：「妳先陪妳媽，明天我們再回學校。」

「哦。」梁依依乖乖點頭。

說罷，顏鈞便大步匆匆的進屋去了。

顏鈞颼颼兩步走沒影了之後，美琳夫人依舊眯眼看著梁依依和她身後的梁任嬌女士，片刻後，她微微點頭道：「請兩位客人跟我來。」

她使用了「客人」一詞，給了她們身分定義：要保持適當尊重，但不會有主人的待遇。

——更別提「女主人」了。

美琳夫人身後的管家們立即了然於心。看來這位梁依依小姐不會是未來的顏夫人，對她的態度不能疏忽，但也不能太在意，太草率會惹少爺不高興，太熱切則會惹未來的夫人不高興。

「請。」美琳夫人揚了揚手。

「好！謝謝您！夫人！」傻憨天然的梁依依不了解他們心裡的百轉千迴，待人以誠的她，自顧自的露出了燦爛的笑容。

……★……★……★……

顏鈞走過重重門禁，進入父親的書房，戴上「加密眼」。一進入遠端會議室，他就看到幾位中將從桌邊站起來、摘下了「加密眼」，只有陸青伯父等人還凝眉坐著。

看來這個會議已經結束了。顏鈞併腿，朝主座上正在揉眼的父親敬禮，「父親！」

顏將軍抬起眼，眉心習慣性的夾著一道深深的川字，他點頭道：「嗯……顏鈞，前線已經基本熄火了，為了戰後『分蛋糕』的事，我可能還要再留兩天，跟那幾個老東西吵吵架。每天的戰報你都看了吧？」

「是的！父親！」

顏將軍點點頭，「奈斯皇族中某些居心叵測的人，只是些掀不起大浪的小蟲，你處理得很好，但是同時也隱約打破了我們之間表面上的風平浪靜。這一仗中，我有所察覺，拉瓦德家已經很不安分了。我以為最先耐不住寂寞的會是拜倫氏，沒想到是沃爾夫．拉瓦德……唔，對了，我還聽說，你和卡繆．拉瓦德為了一個女人打起來了？」說到這裡，顏將軍抬起下巴，似乎很不滿。

顏鈞正色，併腿，正要詳細彙報，顏將軍突然抬手制止他婆媽的解釋。他只關心一個問題。

「搶贏了沒？」

顏鈞微微一愣，立刻驕傲的一挺胸，滿臉傲然答道：「當然搶贏了！不，她本來就是我的女人！從身體到心靈都臣服在我的麾下，從頭到尾都沒有卡繆一根指頭的事！」驕傲的抬下巴。

顏將軍嘴角一勾，滿意的笑一笑，兩父子如出一轍的抬起自負自戀、自鳴得意的下巴。

「哼！很好！果然是我的兒子！」顏將軍滿意的站起來，看樣子是準備切斷信號了。

顏鈞沉吟數秒，就著這個話題果斷的叫住父親，幾乎沒有任何猶豫的向他彙報道：「父親！這個女人，我想娶她！」

顏將軍嚴肅刻板的臉上出現了瞬間的驚訝。他皺眉道：「但我聽說……她是個平民。」

「是的，父親！」顏鈞依舊挺著胸，似乎這完全不是個問題，也絲毫不會影響他的想法。

顏將軍的表情板了起來，他攢起眉頭、瞇起雙眼，逼視著顏鈞，搖頭道：「我不贊同。」

顏鈞聽到這話竟然毫無異常反應，他依舊挺胸直視著父親，頓了片刻，再次朗聲道：「父親！這個女人，我要娶她！不管是幾年，還是幾十年！」

這回就連陸青也側目盯著他了。

少爺用「要」字替換了「想」字，說明這在他腦中已經是既定的事實，是必定會按部就班的執行計畫。陸青明白姓顏的人有多執著，他有些擔憂的看向同樣說一不二的將軍，他似乎嗅到了一絲家庭爭變的氣息……

——為了一個女人……老天啊，為什麼姓顏的都是負情商一根筋的情種？他就不會使用一些變通的伎倆與自己的父親交流嗎……

顏將軍的臉色瞬息萬變，兩眼大睜，眼看下一秒就要勃然大怒，但當他提起一口氣、即將張嘴的瞬間，他不知想起了什麼，盯著兒子執著鋒利的雙眼，他突然垂下了眉梢，小聲嘀咕了幾句，然後抿起唇，厭煩的看向桌上的幾疊資料，大手一揮道：「我懶得管你的私事！立即滾去做你的正經事！這才是正確的！」

顏鈞默默鬆了一口氣，父親的這個答覆算是迴避了衝突，但他並沒有正面贊成。不過，有什麼好擔心的？再過十幾年，就算他是老子也要聽兒子的！顏鈞挑了挑眉頭。

顏將軍正要切斷遠端信號，突然又道：「我還是不贊同你草率決定自己的婚事，當年我娶你的母親，雖然婚事是由父輩決定的……但她可是一位公主……美麗、高貴、聰明、堅強……」他一副陷入驕傲的回憶中的模樣。

顏鈞想了想，不知道從哪裡來的驕傲勁，突然也有點憋不住幸福感的道：「在我看來……她也是公主，可愛……」他絞盡腦汁想了想梁依依的優點，又重複一遍道：「可愛！」

顏將軍厭惡的看一眼紅光滿面、自以為是的兒子，心裡蹦出了無數的嫉妒和不痛快，他見不得兒子這種彷彿炫耀的態度，狠狠瞪他一眼，鄙夷道：「一個無知無能、膽小懦弱的平民，有什麼好喜歡的！哼……你真的確定了？」

「確定！」

顏將軍沉思片刻，道：「我還是保留對你婚姻的支配權，你要知道，一次婚姻就是一次利益的同盟、勾連與再分配，我不贊成你娶平民。但是，既然局勢已經不穩定了，勒芒．德普路斯會議一開，恐怕就到了爭果子的敏感爆發時期，大戰是在所難免的。所以，既然你自己認為你已經確定了，那麼就趕緊生個兒子，留下一個繼承人再說吧！」

顏鈞腦子當機了一下，確實一時沒反應過來父親的意思，但當他明白父親的這個具體意思之後，他的大腦主機立即開始高熱發燙冒煙狂轉，他霍然抬起頭，狠狠握緊拳頭，迎著父親的眼睛，一字一句鄭重道：「父親請放心！我保證完成任務！」

「嗯。」顏將軍點點頭，再次伸手準備切信號，在關閉遠端視訊系統之前，他再度嚴肅而鄭重的叮囑道：「一定要生兒子！」

「是的，父親！」顏鈞如同喊軍號一般聲嘶力竭的答話，然後昂首闊步的向外走去。

……★……★……★……

「少爺。」女僕們微笑著拈起裙襬彎腰行禮，目送少爺從梁小姐的房門口經過。

「嗯。」顏鈞板著臉點點頭，大氣從容的走過。

半小時後——

「少爺。」女僕們再次拈起裙襬彎腰行禮，目送少爺再次從梁小姐房門口狀似不經意的走過。

「嗯。」顏鈞依然板著臉點點頭，微微斜看一眼房門，「非常忙」的走了過去。

十五分鐘後——

「……少爺。」女僕們再次無奈的行禮，用莫名其妙的眼神緊盯著少爺。

「嗯、嗯。」顏鈞一臉隨意的停下，想了想，找了個話題責問女僕道：「怎麼把她安排在這裡？這棟樓離主宅那麼遠！」

——是啊，這樓離主宅如此的遠，您到底是因為什麼原因頻頻路過啊……

女僕們小心謹慎的彎腰，答道：「少爺，美琳夫人說暫且將梁小姐安排在這裡，如果少爺想安排在別處，盡可以吩咐。」

「嗯。」顏鈞點點頭，正氣凜然道：「讓梁依依搬去我那裡。梁伯母嘛，就住在這裡吧，挺好，安靜。」

「是的，少爺！」

然後顏鈞再次假裝很忙，腳步匆匆的走了。他心想，現在才下午，好像太早了點，這樣顯得他太急躁、不夠沉穩，雖說生兒子這個任務是非常艱巨、刻不容緩的，但是……當然了，處理正經公務也很要緊……

他進了自己的書房，煩躁的批了一下午報文，然後又從書房裡竄出來，跑到自己的臥室門口，目不斜視的路過。

門口的女僕們默不作聲的盯著他，半晌後才行禮道：「少爺……」您這到底想幹嘛呀，怎麼沒完沒了的。

顏鈞揚起驕矜的下巴點點頭，以眼神指了指臥室門，不在意的道：「搬過來了吧？」

「是的，少爺，剛才梁任嬌夫人來陪梁小姐聊了一會兒，現在已經離開了，少爺您要進去嗎？」

顏鈞腳都抬到一半了，一聽女僕的這話，他又把腳收了回去，道：「誰說我要進去？！我要去訓練！」他一邊離開，一邊很不高興的掃一眼女僕炯炯閃亮的眼睛，心想：本少爺的想法也是妳能猜透的？

他心情起伏不定的走到四樓，突然又想起來什麼，雙眼一亮，然後兩步一躍在走廊的窗欄邊一撐，翻身下樓，狠狠踹了樓下的機器哨兵一腳，讓它變為一架單人懸浮車，然後駕著車直奔位於薩爾基拉東頭的白宅。

沒多久便到了白宅門口，顏鈞把懸浮車往地上一摜，大步闖了進去，腳步帶風直奔白恩的房間翻箱倒櫃。

女僕們都被顏少爺這餓虎撲食的樣子嚇到了，紛紛跟到二少爺的房門口，扒著門邊問：「顏鈞少爺，請問有什麼需要嗎？」

顏鈞頭也不回道：「出去出去！關上門！嘖，他放在哪兒了……」

女僕們只好遲疑的退開，關上門。

「要向二少爺彙報嗎？」女僕A問。

「不用，反正少爺們的房間，這個少爺、那個少爺經常亂闖的，我早就習慣了。主要是二少爺這裡資源很豐富……」女僕B擠眉弄眼。

「資源豐富？」

房內，顏鈞終於從白恩的書櫃裡翻出一箱晶片，打開箱子一看，滿眼都是白肉大腿、搔首弄姿的女人封面，顏鈞相當嫌棄的撇撇嘴，「嘖！低俗！」這種玩意他從來不屑看上一眼的，但是這會兒為了獲得戰鬥經驗，他只好勉為其難拉低一下自己的層次了。

顏鈞打開一疊晶片夾，發現扉頁上還有白恩這傻子寫的幾行字。這什麼玩意？詩？顏鈞定睛一看——

叼。

尼瑪的，

大波女神，

老子，遲早要，

弄死妳。

顏鈞愣了一下，然後拿著晶片夾在地上笑得打滾。

——白恩！本少爺服了！

……★……★……★……

晚飯後，天色漸黑，梁依依陪媽媽在一大片香葉林邊散步，身後亦步亦趨跟著兩排女僕。顏鈞不知道在忙什麼，晚飯也沒來陪梁依依吃。

兩母女一路說了點無聊的閒話，梁任嬌其實很不適應這樣的生活，雖說被好吃好喝的養著，日子過得奢侈至極，連洗用的水都像是萃取出來的，但她總感覺是客居他人的屋簷底下；尤其是那位美什麼夫人，也不知道是個什麼身分，一點都不把她放在眼裡，講話都用鼻孔對著她，她好歹也是他們大少爺的未來岳母啊！那個地位是不用說的吧！這些人啊，真是一點都不長眼色。

梁任嬌頓了頓腳步，指著香葉林邊的一片綠蔭說：「這片地方好，等到妳去上學了，媽要是無聊，我就把這塊空地闢來當菜園子，替你們種點營養小菜。」

梁依依點點頭，「嗯，這土地挺肥的。」

「行了，妳回去玩妳的吧。妳不是還心心念念惦記著女僕為妳準備的那幾個實景遊戲嗎？不過別忘了明天上學的事啊！早點睡，別玩太晚了。去吧，我再隨便走一會兒。」

梁依依乖巧的點頭，哼著歌，蹦蹦跳跳回臥室了。女僕們給她的那個模擬寵物的全息遊戲確實好玩，她靠這遊戲打發了半個下午呢。

回房後，她先洗了個澡，換上睡裙，然後爬進了遊戲艙裡。

這個遊戲很特別，一改寵物養成的陳舊視角，是讓玩家自己扮演貓貓狗狗等寵物，取悅或效忠NPC主人，完成野外或家庭的寵物任務，從而升級，變成有特殊技能的高級寵物。

梁依依在遊戲裡是一隻小白狗，毛茸茸、圓溜溜的，是她自己設計的模樣，她覺得特別可愛……

半個小時後，顏鈞終於回來了，臉上的表情是沉浸迷離之中、帶著自信和昂揚，一身熱汗滾滾。他緩緩帶上門，看了一眼正在遊戲艙裡面高高撅著屁股，擺出小狗撲跳動作的梁依依。

他的視線黏在她圓嘟嘟的屁股、以及睡裙下兩節粉嫩的白腿上，喉頭滾動。

顏鈞在遊戲艙邊垂眸駐足欣賞了片刻，緩緩抽身，拿了一套寬鬆的衣服去洗澡。

出來後，他也不管頭髮還是濕的，水珠還在往胸膛上滴落，就慢慢幾步走到遊戲艙邊蹲下，一手撐著下巴，看著裡面的梁依依。

遊戲艙裡的小畫面上顯示，她正在向NPC主人模擬搖尾雀躍的動作，一節小蠻腰之上，肉滾滾的小屁股扭動搖擺，晃得跟篩子似的。

顏鈞下腹狠狠一緊，他高高挑起眉，沒想到這種幼稚無聊加三俗的遊戲，居然能帶來「意外驚喜」。他伸手打開遊戲艙，迫不及待的爬了進去，自己也貼上了一張感應片。

正在遊戲中的梁依依不期然的被他擠到，看了一眼遊戲視野左上角的現實介面視窗，那是為了方便玩家糾正動作，特地開的一個小視窗，可以看到玩家的實際景象。

刷拉一下，一隻威風凜凜的大黑狗出現在她身旁，大黑狗在她身邊繞來繞去，俯視著矮小的小白狗，發出嗤之以鼻的鼻音。

「顏鈞，你不要擠我好不好?遊戲艙不夠大！」梁依依玩得正入神，被他這麼一打攪，不太高興了。

顏鈞完全不搭理她，伸出一隻前爪搭在她的後腰上，然後把她一推，將她推得白肚皮朝上，四隻爪爪朝天。

「顏鈞!你不要搗亂嘛!你要玩就好好玩!快去幫主人拿報紙呀！」梁依依水汪汪的黑眼睛仰視顏鈞。

顏鈞對那個資料做的「主人」完全是嗤之以鼻的態度，他的興趣全集中在如何往梁依依身上撲，他時而把她推翻壓著她玩，時而在她身上聞嗅，時而把她翻過來、兩爪搭在她屁股和尾巴上……

嗯？咦咦？梁依依突然發現，這個身體感覺好奇怪……她後知後覺的抬頭看現實小視窗，這才發現……顏鈞哪裡是在跟她玩遊戲啊！他是、他是在……

梁依依看到顏鈞正埋頭狠狠親吻著她的脖子，健碩的背幾乎籠罩著她，一隻大手從她的睡裙裡摸進去，在她的屁股上輕輕揉捏，她趴伏的姿勢剛好方便他使壞……

「……顏鈞！我還要玩遊戲……」

梁依依扭身推搡他，被顏鈞一把握住小腰掐牢，他低頭含住她噘起的粉唇。

兩人唇舌一觸，又是一個哆嗦。

顏鈞粗魯的踹開遊戲艙，托著梁依依的屁股將她抱出來。

梁依依被顏鈞攫住雙唇，掠奪性的氣息順著他柔軟的舌頭掃蕩進她的唇舌與口腔，他舔了舔她的上顎，讓她彷彿觸電般沒出息的抖了抖，她的鼻尖充滿了他好聞的味道，腦子裡都是一團團的墨塊和星星，只要顏鈞這樣親、這樣抱，她就會軟成一灘糊糊塗塗的水，被他捏來揉去……她感覺自己被顏鈞輕輕放在了床上，然後他高大的身體壓了下來，沉得像座山似的……

梁依依睜開了惺忪迷離的雙眼，推一推顏鈞的胸膛道：「顏鈞……你、你好重……我喘不過氣……」

「重？」顏鈞沉聲，瞇眼盯著身下的人，喉音沙啞道：「重也要習慣。這個重量，妳要承受一輩子……」

「啊……」梁依依迷茫的看著身上英俊強壯的男人，著迷的望進他璀璨深邃的眼睛裡，小聲的嘀嘀咕咕道：「顏鈞，你眼睛裡，好像有星星和宇宙……」

顏鈞笑了一下，俯下身吻她……

——什麼宇宙，蠢貨，我眼裡是妳！

梁依依聽到顏鈞在她耳邊說了一句話，沉沉的、麻麻的，她覺得心裡有什麼東西癢癢的蜷縮了起來，好像一朵濕潤害羞的花蕊，雖然膽小的躲了起來，卻仍被顏鈞精悍強壯的身體捕獲，被他滾燙的手指撥弄，被他寬大的手掌摩挲……

「嗯！」梁依依抖了一下，反射性的兩腿一併，夾住了在她腿間作怪的壞手。

「哼唧什麼！」顏鈞收回手，摸了摸鼻子，意外的嗅到了指尖的濕潤和芬芳。

動情的雌性荷爾蒙氣息讓他渾身的肌肉驀地繃緊，他一把脫掉了上衣，露出結實誘人的身體，只剩一條寬鬆的長褲，鬆垮而危險的掛在他挺翹的臀上。

這回他吸取教訓，不能再羞澀和遲疑，要果斷的把她剝光。

他手指挑撥，勾下她粉色的小褲褲甩到床下，而後一雙粗糙的大手沿著她白嫩的腿與臀向上，揭起她薄薄的睡裙……

「啊！」

「呀！不要！」

「嗯！啊！」

顏鈞無奈的嘆氣，埋頭吻她，喘息道：「我只是在脫妳的衣服，妳在叫什麼？！」

梁依依捂住臉，不敢再低頭看自己，她只是……只是覺得很驚慌……

顏鈞溫柔的摟著她，伸手一掀、丟開她的睡裙，一對驚慌失措的胖兔子便顫巍巍的蹦了出來，在他胸前微微抖動。

「啊！」梁依依緊緊的捂住臉，繼續不知所謂的哼唧。

顏鈞頗有些激動的盯著這對胖兔，臉紅耳熱緩緩低下頭。哆嗦著的梁依依猶如一顆新鮮剝出的白嫩荔枝，被一頭嗜甜的猛獸困在懷中貪婪舔拭，顏鈞小麥色的精壯身體壓著她的雪白圓潤，越發襯得他凶悍猙獰。

梁依依敏感的荔枝尖尖被他的舌頭輕輕舔了兩下，頓時全身顫抖。她聽到顏鈞的呼吸聲越來越野，他的手掌心帶著火，像揉麵團似的撫弄她，手勁越來越大……

「怎麼這麼愛叫……」

她聽到他在她耳邊這樣氣喘吁吁的咕噥。

她的兩腿被他分開。

顏鈞已經有些受不了了，他最後狠狠的吻了她一會兒，心裡想著應該差不多了，片裡的那些男人還沒他摸得久呢，肯定沒問題，他怎麼說也是個有知識（姿勢）的男人！

他急躁的扒下褲子，扶住自己雄赳赳、氣昂昂的東西，向著梁依依濕漉漉的柔軟靠近。

一直堅持無意識哼唧的梁依依，忍不住低頭看了一眼，突然又帶著哭音叫了一聲：「啊！不要放進來！」

顏鈞按住她扭動掙扎的小腰，不准她跑，胡言亂語的輕輕哄她：「怕什麼，一眨眼就好了，少爺我保證妳爽死了，他們都這樣，妳不懂……乖啊……」

「不要，嗚……不要……」梁依依真的說哭就哭了。

「嘖！行行行！不要哭，我不進去，我只放在、放在這裡，好嗎？」顏鈞怕她哭，只好讓自己巨大的前端停在她的花徑口。

梁依依癟著嘴，戒備的看著他那根凶東西，青筋都凸出來了，還微微顫抖，前面的大頭像是虎視眈眈般抵著她癢癢羞羞的地方。

她抬起眼，迷離的看一眼顏鈞，他好像忍得渾身哆嗦，強壯漂亮的身體都冒汗了。

顏鈞跟她對視了片刻，忍無可忍俯下身吻了她一下，趁著這機會，讓頭部往裡擠了擠。

「啊！」梁依依控訴他：「你騙我！」

顏鈞咬牙切齒道：「看，這不是進去一點了？有什麼好怕的！」

「可是……太脹了……好疼……還癢……」梁依依搖搖頭，緊張的咬著指甲，又低頭看一眼，看著顏鈞還蠢蠢欲動的前後微移，專注的一點一點的往裡推。

「嗚……我覺得我好可憐……」梁依依觀摩了一會兒後，特別自憐自艾的看了他一眼，狠狠捶了他兩下。

梁依依不看那一眼還好，顏鈞還能以非人的自制力繼續自虐，可她那麼濕漉漉、含嬌帶嗔的看他一下，下面還生氣般的緊咬一口，顏鈞鋼鐵般的忍耐力瞬間付之東流，他「嘶」的倒抽一口氣，臀部肌肉緊緊一抽，猛地提起梁依依兩腿就狠狠埋了進去。

「————！」

梁依依疼得都叫不出來了，張著嘴渾身哆嗦，眼睛瞬間就紅透，指甲狠狠的掐著顏鈞寬厚的肩背，都掐出血了還不肯鬆開。

顏鈞立刻知道自己犯錯誤了，停在裡面不敢動，任打任掐，他都快被梁依依絞死了，還得強忍著自己的痛苦，輕輕吻她，揉她的小腰，哄她，讓她放鬆……汗水順著臉頰往下掉。

「對不起……」他咬牙喘息。

——我、少爺我也痛苦啊！

「寶貝對不起……」他埋頭親她。

——誰會知道，少爺我有多受罪！

「別哭啊……」

——少爺我這輩子沒這麼哄過誰！梁依依妳給我等著！

「一會兒就好了啊，完了替妳弄好吃的……」

——不要這麼緊的纏著我！再絞我就別怪我了……

梁依依逐漸能夠哆哆嗦嗦的發聲了，卻越哭越勇，哼唧不停，用力打他。打就打吧，她還無意識的纏緊了脹滿身體內部的那根大傢伙。

「啊……」顏鈞於是再也忍不住，全速擺腰抽動了幾下，渾身一抖，臀部一縮，咆哮一聲，無可奈何的將他二十二年來的第一堆子孫扔了出去。

梁依依的哭音頓時煞住，表情空茫了一瞬間，這種熟悉的、溫暖的、不再飢餓的、靈魂飽腹的感覺……

顏鈞特別懊喪的將頭埋在她柔軟豐盈的胸口，渾身汗濕，熱氣蒸騰，鬱悶得都想哭了，這怎麼跟片裡演的完全不一樣……

他喪氣的抬起頭，還是不忘摟一摟梁依依，心疼的親一親她。這蠢貨都疼傻了。他正準備緩緩的抽出來，卻驚訝的感覺到她緊密炙熱的挽留。

梁依依「嚶嗚」了一聲，抬起大腿，不依不撓的纏在他結實的窄腰上，箍緊他的臀，小屁股還搖了搖，說道：「不走，不准走，要再來一次……」

——嗯？！

顏鈞的武器瞬間就位，狠狠填滿了她。他震驚的抬起頭，無法理解的看著她。

——這是……知道爽了？

顏鈞頓時跟見著肉骨頭的狗似的尾巴一擺，興奮的壓了上去。

床邊，大開著艙門的遊戲艙依然在盡忠職守記錄著現實情況，在它的畫面上，兩名還貼著感應片的玩家正在抵死纏綿，男性玩家越來越威猛持久，按著女性玩家柔軟的腰肢正在馳騁；女性玩家被他頂得不停的往前，渾身哆嗦、嗚嗚的哼著，彷彿被欺負了一般。

遊戲艙精密嚴謹的記錄著他們的動作資料，男性玩家居然可以保持同一套動作這麼久，在模擬寵物這款遊戲中，其動作訓練的耐性和堅持程度都是數一數二的，但卻不知道他們在類比哪一種寵物模式；另外，對話也非常奇怪……

「啊……嗚……還要……」

「啊？……妳，嘖，妳都腫了……不、不疼嗎？」

「不疼……好舒服……還要……只有這樣才能吃到一點……你快、快激動起來啊……」

「喂喂……不行，我先叫個醫生來幫妳看看……梁依依、妳……妳適可而、止……啊……」

第四章 ✦ 小情侶的第二天……

開往天痕軍校的飛船上，顏鈞坐在書桌邊，腰背是一貫的挺拔，一張英俊帥氣的臉鎮定自若，下脣微抿，認真的看著手中的薄型筆電，似乎在嚴肅專注的查辦公務。

梁依依側躺在一旁的長沙發上，噘嘴望著外面的星海，不太想理睬顏鈞。她下身又熱又腫，就像潑了一勺辣椒油在上面，即便抹了清涼止痛的藥，她也走不了路。

上飛船都是被他抱上來的，真的很丟人。

梁依依還記得梁任嬌女士來送行時臉上的那個表情，千變萬化的，最後大家目瞪口呆朝她看過去的時候，她居然把臉別開，裝作不認識她親閨女。

梁依依心裡想來想去啊，自憐自艾，覺得自己真是太可憐了。

看來梁女士真的生氣了。要是以後同學、鄰居問起來，她一定說：沒有錯，梁女士就是那種賣女求榮的人！

她非常憂鬱的嘆了一口氣。

顏鈞瞥了她一眼，歪嘴想嘲笑她，又在電光石火間恢復大氣沉穩之表情。算了，這會兒惹不得，先記著，以後再笑。

他繼續一臉正氣的認真看著筆電，看得相當投入，呼吸略顯急促。

梁依依保持這個姿勢太久，有點無聊，她是個不太硬氣的人，生氣也很難堅持。她把小腦袋左搖右擺的張望了一陣，不情不願的看向房間裡除了她以外的唯一生物。

顏鈞正人模人樣的端著臉，長睫毛微微垂著，偶爾撲動，鼻梁又高又挺，長得真是好看，高貴又肅穆的樣子，他這樣面無表情的走出去，誰也看不出來他肚子裡有多少奇怪的、惡劣的、糟糕的、讓人無法直視的東西。

顏鈞注意到梁依依在看他，抬起眼，一瞬不瞬的盯著她，嘴角慢慢揚起來，不知道在笑什麼。

梁依依臉紅了，轉頭把臉埋進沙發裡，過了一會兒還是覺得難堪，自己身殘志堅的爬起來，想轉去餐廳躲著。

但是兩腳落地一撐她就栽了，顏鈞刷的閃過來摟著她，筆電便隨手扔在沙發上。

於是梁依依自然而然就看到筆電螢幕上的東西了，然後她人生中第一次尖叫怒吼了，雖然是嬌滴滴無氣勢的吼叫……

「顏鈞！你在看什麼啊你這個混蛋！你不是說刪了嗎？！」她狠狠捶他。

顏鈞摸了摸鼻子，有一丁點被抓包的不好意思，他掃一眼筆電上的紀實錄影，終於還是沒忍住得意，乾脆破罐子破摔抱著她坐在沙發上，拿起筆電，摸摸她的臉讓她看，洋洋得意道：「妳看看，本少爺真是宇宙最強的男人，男人中的男人！只有本少爺才能這樣輕輕鬆鬆餵暈妳，要不是靠本少爺，冷盤正餐加甜點的不停餵妳，妳這個不知節制的東西，還在本少爺的懷裡打滾哭呢！」

梁依依臉紅得滴血了，扭身把頭埋進顏鈞懷裡躲起來，寧死不看。

那筆電螢幕上根本不是什麼嚴肅的公務資料，而是遊戲艙拍攝的「梁依依被欺負實錄」。

轟轟烈烈、地動山搖、沒完沒了的，交織著奇怪的聲音和梁依依搭太空飛車般的哭叫。雖然拍的基本上是顏鈞結實有力的腰背，但是光看她那兩條晃在空中時而繃緊、時而抽搐的腿就知道了，一切盡在不言中。而且聽她那聲音，就像要被撞碎了一般。

梁依依都不敢相信那個人是她，第二天醒來她就把全部責任推到顏鈞身上，支支吾吾、邏輯混亂的指責他，顏鈞都被氣笑了。

顏鈞低頭看看懷裡的蠢人，知道她害羞，耳朵尖都是紅的，於是把錄影關了，反正他也不能再看了，再看下去，他又要反覆擦拭他的重型近身♂武器了。

梁依依小聲嘀咕了一句什麼。

「嗯？」顏鈞低下頭。

「我跟你說了，我……不是想要那個……」梁依依再次小聲的解釋：「我不是貪歡……」

「哦。」顏鈞敷衍的點點頭。

「是真的呀！」梁依依抬頭，「是因為……你最激動的那個時候，會有一點被套能量溢出來，我餓了好久了……你知道我、我見到被套能量就會不想事的嘛……所有才……」

「唔。」顏鈞點頭，揶揄道：「溢出的真是時候。」

「是真的！我說的是真的！」梁依依都想哭了，「所以，我後來不是跟你說了嗎……你自己興奮興奮就好了，我只要你最後激動的那一下就行，是你自己不理我的，是你沒完沒了、沒完沒了的，都是你！不是我！」

顏鈞低頭親親她，對她的虛偽有點鄙夷，但還是勉勉強強道：「好吧，就算是怪我吧。」

其實吧，他也確實要相應的負一丁點責任，一開始他還知道顧慮實際情況，怕她腫了痛了，到後面由於某人哭著喊著要，才導致他的意志和理智崩潰，惜敗於蠢色。所以，主要責任還是在她，不過既然她這麼要面子，他就不再提醒她騎在他身上邊扭腰邊哭的樣子了。

男人嘛，大度一點。

梁依依還在不依不撓的嘀咕「就怪你」、「你現在還拿它杵著我呢」、「把它拿走，我一輩子都不想再見到它」……

「嘖。」顏鈞白她一眼，「行了啊妳，裝也要適可而止。」

「我沒有裝。」梁依依委屈道。

「那幹嘛這麼生氣？妳到底是哪裡不滿？都氣了一上午了。」

梁依依囁嚅：「我覺得你不尊重我。」她特別鄭重的噘起嘴。

「我還不尊重妳？妳說什麼就是什麼，本少爺簡直是紳士中的紳士，妳想要我就給，妳說要我躺下我就躺下，妳說想摸我我就讓妳摸……」

「那都是你引導我說的！」梁依依捂住他的嘴不准他說下去，「你混蛋！你就是欺負我有時候糊塗！我讓你停你怎麼不停呢？！」

顏鈞挑起眉毛，意味不明的撇嘴笑了一下，「我不是停了嗎？」

梁依依也想起了那羞人的一幕，她捂住臉，把沙發上的筆電踹到地上，「那你還留著這個！」

顏鈞一伸手，讓筆電飛到手心裡，然後一把將之捏成了齏粉，「沒了。」

梁依依懷疑的看著他。

顏鈞不耐煩的拍拍她的臉，低頭吻她。

——囉嗦得要死，親糊塗了就好辦了。

被顏鈞揉著腰、深深吻完之後，梁依依果然軟綿綿的了，她乖乖的趴在他胸口，眨眨眼睛，心平氣和了許多。

她伸出手輕輕的捏一捏顏鈞的耳垂，慢吞吞的教導他：「顏鈞，你以後不要這麼欺負我了。」

「我什麼時候欺負過妳！」顏鈞嗤笑。

「你從頭到尾都在欺負我。」她眨著眼睛，憨憨的說：「我好慘呀。」

顏鈞撇嘴笑，揚起下巴問：「妳怎麼慘了？」

梁依依抿起嘴，轉著眼珠想了想，沒想出來，還是嘴硬道：「特別慘。」

顏鈞嘲笑她兩聲，不服道：「胡說八道，妳有我慘？明明是妳在欺負我！」

梁依依明顯不贊同，道：「亂說，我怎麼可能欺負到你。」

「妳把我這樣、那樣、還那樣，不就是欺負我！要用本少爺的時候就『顏鈞，你幫幫我好不好，這道題我不會』、『不准走，我還要』，使用完了就翻白眼給本少爺看，還把本少爺對妳的大恩大德全都忘了，編排各種理由推卸責任……」

梁依依捶他。

顏鈞越說越起勁：「妳說說看，每天那些好吃的，是誰一定要搶第一個吃？」

梁依依想了想，道：「我是幫你嚐一下味道。」

「連我的能量飲劑都要嚐？！我是有多餓著妳了？」

梁依依理虧的別開臉，「我只是幫你試一下功能。」

「還狡辯。」顏鈞捏她。

梁依依不想理他了，她望著天花板深思了一會兒，說：「可是，我也對你很好呀。」

「哦，妳對我怎麼好？妳倒說說看！」顏鈞斜眼看著她笑，看她怎麼掰。

梁依依想了很久，又沒有想出來，嘟嘴道：「特別好。」

顏鈞氣笑了，低頭啃她，親親臉蛋，咬咬耳垂，嗅來嗅去，像一條撲食的犬科動物似的。他掀起梁依依的裙子往裡探，摸了摸她肉嘟嘟的腿問：「還疼嗎？」

「嗯，疼死了。」

「嘖，林棟不是說用了這藥隔天就好嗎？」

「啊？你連這種事都告訴他啊？！」梁依依睜大眼，眼看又要生氣。

顏鈞立即轉移話題，他把她拍的廣告拿出來放，還讓她看各大星區的天幕投影。

梁依依這才轉移了注意力，美滋滋的看起了廣告。她要是知道，昨天他把她弄暈後立刻得意的出去巡視了一遍領地，還特別做作假裝無意的跟幾個哥們吹噓一番「戰況」的話，她一定會跳起來咬他。

顏少爺還非常「苦惱」的打電話對林棟說：「一不小心把人弄暈了，好像身體也有破損，你的實驗室有沒有特效的藥物？」

林棟當時聽著他那「二十二年終出頭」的得意勁，差點笑出來。

不過，昨天那一場天崩地裂的大戰，確實是給了顏鈞無窮的自信，他當下就確認了，他的這根武器絕對是全宇宙數一數二的！門奇．拜倫之流給他靠邊站去！一群弱雞！

正當他抖著腿，春風得意的陪著粱依依看廣告時，手機響了。

顏鈞低頭一看，表情就如潮退一般涼了下來。

——埃爾．拜倫。

……★……★……★……

飛船抵達天痕軍校之後，顏鈞抱著粱依依走下去。由於監察處堅持要本人親自來銷假，所以即便粱依依已經睡成了一個流口水的傻子，而且「局部地區有損」，顏鈞也只好帶上她的身體去展示一下。

他叩開監察處大辦公室的門時，手機正好同步響起，他低頭一看，表情不太好。

「陰魂不散……」顏鈞嘀咕，接起電話，壓低聲音道：「你又怎麼了？」

「哦，我突然改主意了。」埃爾悠哉道：「我們無須等下週再見了，我現在就在你的分宅裡……」他離開話筒，對女僕道：「一杯綠魔奶茶就行，謝謝。」又移回話筒，「我聽說你已經到了？真棒。我在這裡恭候大駕，希望不用等到喝完奶茶……」

「嘀嘟──」埃爾悠悠然掛斷電話。

顏鈞嘴角一抽，獰著臉把梁依依抱進大辦公室，向幾名表情略微訝異的值班教官敬個禮，然後伸手拍梁依依的豬臉。

他壓低聲說：「起來，報到了！」

梁依依還深陷在被現實所映射的十八禁惡夢裡，嘴巴微微開合，眉頭皺起，頭部還輕微的左右搖擺，似乎在極力抵抗什麼東西。當她微微睜開眼看到顏鈞俯低的俊臉時，瞬間倒抽一口冷氣，兩手快速交叉在胸前捂胸道：「弄穿大地大魔王！你休想再把我動次打次動次打次○○再╳╳然後@#%＊&#@！」

顏鈞：「……」

教官們：「……」

梁依依盯著顏鈞的青黑臉頓了片刻，突然鬆了一口氣，拍著胸口，「原來是夢，嚇死我了、嚇死我了……」她仰起頭，小聲認真的解釋道：「我剛才做夢吶，夢見你這個混蛋變成了『弄穿大地』大魔王，如果我不跟你動次打次動次打次你就要毀滅世界……唉，所以，為了拯救世界，我只好跟你動次打次鏘鏘動次打次啪……」

「什麼動、次、打、次！妳這蠢貨！」顏鈞咬牙切齒的壓著嗓子低吼，臉都黑成一盆墨了。

梁依依臉一紅，意識到這是她夢中的奇怪用語，於是低下頭，羞澀的囁嚅道：「哦，那是……啊，算了，當我沒說吧……」

顏鈞真想把自己的臉蒙起來，他讓一張沙發軟椅飛過來，把她放在上面，然後將梁依依的臉扭正，對準那一排驚、嚇、呆、囧臉的教官們。

梁依依立刻呆滯，臉由紅變白，頭迅速垂了下去。

顏鈞對教官們道：「請教官們為她辦理銷假手續，並允許她在這裡待一會兒，我一會兒就過來接人。」說完，敬禮。

表情各異的教官們慢慢的點頭。

「嗯？」梁依依有點驚慌的偏頭看他。

顏鈞走到門口，解釋道：「有事，妳留在這裡正好躲開麻煩，我很快就解決了。」

「啊……」梁依依看上去手足無措，由於剛才出了大醜，她一點都不想讓顏鈞離開。

顏鈞當然知道她怕羞了，離開他就軟趴趴沒法活的東西，她這聳肩耷拉頭的樣子讓他也有點挪不動腳，他抿抿唇，想過去隨便捏捏她的手或者敷衍的親一親她，意思意思安慰一下，但是教官們齊刷刷的視線又讓他不好意思，他們顏家的男人可是出了名的鐵血無情，他不能讓大家誤以為他有多喜歡她似的。

他走過去像安慰戰友似的拍拍她的肩，表情板正，不自覺的放輕聲音溫柔道：「老實待著……我一會兒就回來了……很快。」

教官們不約而同咳嗽了一下。

顏鈞離開後，一名教官打開筆電，低頭記錄道：「梁依依同學，妳的請假時間已超期，請簡述妳遲到一天的原因……」

……★……★……★……

監察大樓外，卡繆上將剛剛結束實驗課，穿著實驗白袍款步走來，身後跟著兩個由精神分體操縱的履帶式小機器人。圓腦袋的小機器人手中托著許多實驗器材，動作靈巧，履帶平穩無聲，緊緊跟在卡繆上將身後。

兩名值班教官從大樓內走出來，看到卡繆上將後，俐落的併腿敬禮。

卡繆點點頭，朝一樓走廊的深處走去，當他路過樓道拐角時，腳步停頓下來。

升降梯井邊，梁依依正臉白如紙，一手摳著牆，兩腿打著哆嗦，硬撐著朝女廁所走去。

如果，不是真的忍不住了……她一點都不想身殘志堅的去廁所……T_T

教官們都是男人……不可能向他們求助這個……如果問起她傷殘的原因怎麼辦……

梁依依嘀嘀咕咕小聲抱怨著，渾身顫抖，「嗚嗚」幾聲，腳一軟，差點摔在地上。

一個履帶小機器人從她身後飛速靠了過來，撐住她。

梁依依偏頭一看，原來做好事的是一個樣子可愛的圓腦袋機器人，她回頭張望，沒有看到其他人，便以為是監察處的智慧型機器人。她摸了摸小機器人的圓腦袋，小聲對它道：「你，可以幫幫我嗎？我想去廁所……」

機器人半晌沒反應，只是呆滯的支撐著她。

梁依依以為這機器人並沒有那麼智慧，嘆了一口氣，只好自己扶著牆繼續走，誰知她剛一動，身後的小機器人也跟著撐著她移動。

梁依依展顏一笑，省省力氣，往它身上靠了靠，自己抖著腿往前邁步，時不時「嘶」、「好疼」、「哎呀」、「嗚嗚」……

小機器人撐著她走了兩步之後，不知道為何又呆滯了，落在她身後僵硬的站了一會兒，不知道是怎麼回事，感覺就像在做什麼思想鬥爭一般，梁依依回頭特別幽怨期盼的盯著它，見它好像真頓住不動了，只好噘著嘴回過頭來，繼續自殘。

忽然，小機器人彷彿僵持完畢般，快速滑近她，兩臂一展將她穩穩抱起來，向女廁所滑去。別看機器人個頭不大，但是力氣很足，又平又穩。

梁依依高興的摸摸它的圓腦袋，俯下頭親親它，道：「謝謝你呀。」

卡繆的辦公室內，艾普斯一直在像隻地鼠似的不停冒頭，在卡繆的耳麥裡積極的報告：「報告主人！檢測到您的精神分體接觸了某雌性的腰和……」

卡繆把報告掐斷。

「報告主人！您的精神分體……」

掐斷。

「您的精神分體被……」

掐斷。

「報告主人！您的體感記錄是否要保存……」

掐斷。

「報告主人！是否開啟錄影裝置？」

「閉、嘴……」卡繆垂頭瞪著桌上的文件，伸手掩住臉，沉聲喝止。

廁所內，梁依依完了事，洗手手、弄香香、吹乾乾，然後哆哆嗦嗦的打開門，看到小機器人真的還等在門外，於是發自內心的傻笑了一下，拍拍它的腦袋。

小機器人回轉身，再次抱起她。

「帶我去那間大辦公室好嗎？我要在那裡等人。」

小機器人默默的滑向大辦公室。

梁依依偏頭打量它，覺得這款機器人真可愛，好像在哪裡見過，不過，它可真是好智能呀！

小機器人滑到大辦公室門口時，發現門已經關了，梁依依敲了許久的門，裡面依然毫無動靜。

她想了想，剛才辦完手續問完話後，就有兩名教官出去了，因為害羞，她並沒有向另外兩名值班教官解釋她離開辦公室的原因，那兩名教官也沒怎麼注意她，畢竟她是個自由的大活人吶！可能因為自己上廁所耗的時間太久了，讓那兩名教官以為她已經離開，所以就把門鎖了。

嗷……梁依依愁眉苦臉的想，現在該怎麼辦呀？

梁依依想不出辦法，小機器人便抱著她在門口站了很久。片刻後，它彷彿不想等待了，輕巧一動，平滑一轉，抱著梁依依朝走廊盡頭的那間辦公室滑去。

第五章✦海盜，什麼都盜

埃爾右肘支在扶手上，手撐著臉，玩味的看著對面的顏鈞。

顏鈞背靠椅背，長腿架著，面無表情的端起茶杯飲茶。

「你是說，最近不行，因為你們要準備婚禮？」埃爾情不自禁的拔高了音調，「你要……娶她？！」

顏鈞懶得把話說第二遍。隨便他怎麼想吧，反正……不會有這場婚禮。

因為梁依依就快「死」了。

盯著顏鈞的臉看了一會兒，完全領會了他的默認態度，埃爾不禁坐正了腰桿。

「你讓我震驚……」他摸了摸下巴，表情有點八卦興奮，「難道是真愛？……哇哦！不過很抱歉，我挺著急的，你能不能讓她在結婚前的空檔抽點時間幫我突破一下？在我的想像中，這不占用多少時間。你也明白的，勒芒．德普路斯會議就要召開了，我的目標當然趕不上你，但我一定要成為拜倫家最強的那個。」

埃爾依然笑咪咪的說著話，但眼神相當鄭重。

勒芒．德普路斯會議，大家都明白這個會議有多重要，這是已知宇宙的文明大會，也是「分蛋糕」大會。

勒芒．德普路斯會議每四個均恆星年召開一次，它有著毋庸置疑的最高權威性，其會議內容相當冗雜，小到新進文明的准入登記，大到某個文明的分級，以及資源的劃分、宇宙公約的再訂……都在其中。參加會議的星際文明必須達到「第二級+」。

貝阿星系的文明等級是二級。

文明分級的情況，簡單來說是這樣的：一級以下的零始文明，是指該文明還處於蠻荒的地上時代，受《零始文明保護條例》保護，任何一級以上的文明不得對零始文明進行物質與文化汙染；一級文明，則代表該文明擁有宇宙視野，可製造星際短途飛行器，文明已暴露於星際之中，不受條例保護，擁有向外探索、進攻、殖民、開採、生產，以及被探索、被進攻、被殖民、被開採、被生產的雙向資格；達到二級的文明，意味著該文明可以進行跨恆星際遠距離旅行，將收到勒芒・德普路斯會議的准入邀請。而只有達到「第二級+」的文明，才有可能派遣代表抵達浩淼宇宙中的各個勒芒會址。

勒芒大會的分層會議有上千層，任何二級文明都能參加，但並非人人都能參與上層會議。下層大會進行文明登記與交流、議題申請與上報，上層會議進行資源配置、爭端仲裁、議題討論與制度修訂等，因而勒芒大會的每一次召開，都能徹底影響一代族群的文明進化。

低等級文明參加勒芒大會，只能在這個宇宙俱樂部中登記一下「普通會員」資格，與各大星群交流交流、開一開通商口岸，再眼看著最寶貴的宇宙資源被高等文明無形的劃分與爭奪，然後就打道回府了。只有擁有「巡航者」的文明，才有可能參加上層會議。

勒芒大會的分層會議雖然分別在不同的地方召開，但普通人還是沒辦法進去上層會議的會址，即使進去了也活不了，因為會議層級越高，其會址的物質及精神壓強就越高，對參加會議的人來說，對個體進化程度的要求也越高。

這就是明晃晃的宇宙法則，適者生存、強者得利，上層文明瓜分宇宙資源，下層文明在壓制、掙扎與探索中努力進化，進化程度更高的智慧生物明確的遮罩和壓榨低等智慧生物的利益。

文明的升級，總是伴隨著個體或群體生命的進化。這個宇宙，是何其廣闊，又何其殘酷。

埃爾曾聽過文大師的一課，在文大師的想像中，那些超高等級的文明，因為世代占有著優勢資源，比如「奎拉」，他們的個體進化早就遠遠領先，他們的巡航者可能遍地都是，就像貝阿星系的普通人一樣滿地走，或許還有著比巡航者更高級的智慧生命。

對超級文明來說，上層會議的會址他們可以隨意進出，毫無壓力，而勒芒．德普路斯會議對他們來說只是一次吵架大會，他們吵完架之後，便將宇宙資源當蛋糕一樣劃成幾塊，草莓多的放入你的盤中，碧江果多的放入我的盤中。

而對貝阿人來說，每一次參加勒芒大會，都是一次以生命為冒險的賭注，是一次為自己的派系、族群爭奪生存利益的機會，為整個文明開創新紀元的機會。

上一屆大會中，代表貝阿星系參加勒芒大會的代表團成員，包括貝阿星系最強的馬龍．拜倫將軍、格瓦斯．拜倫上將，顏煦將軍、白立海上將，沃爾夫．拉瓦德將軍、卡繆．拉瓦德上將，拉夫爾．西蒙將軍、安比修斯．奎因上將，以及文大師。

最終只有顏煦將軍和沃爾夫將軍敢於提交上層議題，申請參加第三層的「有色核晶與暗物質資源區建設會議」，這實際上就是一個劃分無主的有色核晶礦脈和富暗物質資源的會議，只要參加了這個會議，都有資源配置權。

但是有命提申請，不一定有命走出會場。

第三層會議的會址在德倫奈，它的環境阿爾法壓強在五萬單位以上，環境貝塔能量頻率在一萬單位以上，以顏煦將軍和沃爾夫將軍初階六級的程度，全副武裝都不一定能頂得住，或許坐在會場內，僅僅只是思考了一個問題，還沒有站起來發言，人就枯竭而死了。

各個會址不同，每個個體的適應性不同，因而有巨大的冒險成分在裡面。最終，兩位將軍全身而退，貝阿星系獲得了夢寐以求的一片富暗物質資源區，這些資源基本上都落在了顏家和拉瓦德家手中，讓兩大氏族的暗物質武器和隔層躍遷能源技術有了飛躍性的發展。

這就是貝阿星系的每一個巡航者都卯足了勁提升自己，但不同派系間又相互忌憚的原因。

一個個體的強大，將有可能帶來整個家族的興盛，帶來整個文明的提升。

而這一屆會議不用說，最有希望向上層發起衝擊的，是目前程度最高的顏鈞和卡繆。埃爾嘴上雖然說不以顏鈞為挑戰目標，只想爭家族繼承人，但他心裡實際上在想什麼，誰又知道呢？

顏鈞放下茶杯，看了埃爾一眼，他不會給對方一丁點機會。

「埃爾。」顏鈞抿唇，盯著他道：「你知道梁依依是怎樣幫助我突破的嗎？」

埃爾笑道：「唔……我猜得到，我想，那場面一定很奇妙？她可以將你遇到突破瓶頸時堵漲的β能量抽出來，對嗎？」

顏鈞冷哼一聲，起身去拿了張晶片過來，放在解碼器上，投影。

埃爾看到了某次梁依依幫助顏鈞時的實驗錄影，他的表情逐漸愕然，繼而尷尬起來。

顏鈞的臉色非常不好，沉聲道：「她將是我的妻子。我答應你的這件事，對我來說，是一種什麼程度上的犧牲，你明白嗎？」

顏鈞眉眼鋒利，每個字都是咬在牙裡說出來的。

埃爾意味不明的看了他一眼，皮笑肉不笑的扯了扯嘴角，「明白……」真是沒辦法啊，雄性的領地意識。

「所以，至少在我準備婚禮、新婚度蜜月的時間內，我不希望……我的妻子在另一個男人身上……摸來摸去……」顏鈞的聲音冷得像一塊冰，「我們是這麼多年的朋友，我想，你會理解我。」

埃爾敷衍的點點頭，彎起眼睛笑了，毫無道德觀的內心突然感覺到了無與倫比的興奮。

……★……★……★……

梁依依木木然的坐在椅子上，因為緊張，屁股又痛，不得不彆扭的撅起一邊屁股，側身靠在機器人身上，兩手緊緊的抓著小機器人的手，怕它走了，她就沒支撐物了。

梁依依閒不住，之前鼓起勇氣莫名其妙跟卡繆聊了一陣，雖然卡繆只回了她幾個單音節詞，但是仍然讓梁依依放鬆不少。她非常誠懇的向卡繆上將道了歉，把那天在皇宮的誤會反覆解釋了一下，舉起手掌發誓，保證真的是因為幻覺的原因，她不是故意的，生怕卡繆老師介意，希望得到他的原諒。

因為不太喜歡動腦子，梁依依這個人是不得不大智若愚的，人生哲學也是以「難得糊塗」為主，「識食物者為俊傑」為輔。但是對於大是大非問題她是非常看重的，讓人誤會沒什麼，造成別人的麻煩就不好了，所以她的解釋特別詳細，道歉也很真誠。她說完就眼巴巴的看著卡繆老師，希望能夠得到他會心而諒解的一笑。

可惜，那之後，卡繆就垂著眼睛沒再說話。

他一直低頭盯著桌面，也看不清他的表情。

梁依依囁嚅的動動嘴，感覺自己不該提這件事，看來又惹老師生氣了。

她想了想，覺得這也是可以理解的，卡繆上將是該生氣。她確實做了很不好的事，毀了老師的清譽，即使不是出自她自己的想法，但她畢竟是不顧老師的意願「啾」了他，這個「啾」是以下犯上的，是不尊重師長的，肯定讓他很介意。

梁依依悄悄嘆了一口氣，也不知道該說什麼好了。

卡繆深吸一口氣，突然站了起來，收拾一下桌上的講義，夾在臂彎中，大步向外走。

走到門口時，他突然停下，回頭看著梁依依。

梁依依有所感覺，也仰起脖子看他，有點討好的笑了一下。

卡繆的眼中晦暗難辨，好像有怒氣、有鄙夷、有疑惑、有羞惱、有不平，還有一些深邃閃爍的、連他自己也弄不清的東西……最終，他皺起眉頭閉了閉眼，彷彿自嘲般冷笑一下，調頭走了。

「啊，老師……」

梁依依不解的張望了一陣，見他走得沒影了，才不自覺的鬆了一口氣，幾十個黑面教導主任站一排的壓力值才等於一個卡繆上將啊！剛才那一眼看得她差點顫抖，好嚇人。

顏鈞皺著眉頭一路找過來，就看到這沒骨頭的軟貨靠在一個矮機器人身上，嘴裡還跟個老太太似的在嘆氣。他看了一圈這間辦公室，發現卡繆不在，心裡稍微舒服了點，然後抱起梁依依檢查，巡視了一遍領地，發現沒有被狼叼過的痕跡才放心，於是把旁邊礙事的矮個機器人一腳踹開，大步把她抱了出去。

「我讓妳在那邊等著，妳跑到這邊來幹什麼，什麼居心，嗯？！」

「那邊關門了呀。」

「關門了打我電話啊！」

對哦。梁依依沉默了片刻，轉移話題，「顏鈞，我這樣子怎麼去上課啊？」

「誰讓妳上課了？妳就報個到，過兩天去參加一個大規模廣告見面會，然後就風風光光的……」顏鈞兩眼一瞇，壓低聲音：「——死。」

……★……★……★……

貝阿星系，與蘭卡里布星系交界的關隘處，拉蘇里直航道上——

一艘如小島般大小的黑色商務飛船正在靜靜前行。

飛船外觀低調普通，行進速度如同觀光旅遊一般，不緊不慢。它順利通過了貝阿防務關隘的檢查，然後逐漸加速，朝著那條璀璨奪目的貝阿行星帶逼近。

飛船內，幾隻穿著華麗裝甲的內立卡蟲族正興奮的搓著觸鬚，在飛船的控制臺上人立起來，對懶洋洋坐著的那一位道：「克里．烈石．黑骷髏大人！前面就是貝阿星系了！迪里斯的那幾個流亡皇族就躲在裡面，他們惹惱了尊貴、可怕又強大的十字梟海盜團，因此到處流浪，非常低調，不敢出頭，像一群廚房臭蟲一樣縮頭縮腦，如果不是被蟲子們無意中發現，恐怕你們還要找很久啊！」

克里瞥了那幾隻蟲子一眼，沒答話，一手撐著臉，一手飛速的拆裝著一把武器，這是他的無聊娛樂。

「呃……」一名長老緊張的搖了搖觸鬚，察言觀色了一陣。

這群十字梟海盜們的態度老是冷冷淡淡的，而且性格特別古怪，蟲子們看不懂他們，但是既然十字梟肯派人過來，那就是一件大好事，蟲子們的目標看來就要實現了！接下來，牠們要盡量利用這支十字梟的小隊，削弱或者乾脆毀掉貝阿星系的那幾支軍閥，抓住那幾個害死王的凶手，拿到默爾克皇子殿下獎勵的充滿糖分的農業星球！

哈哈哈！雖然十字梟沒有全團出戰，但是蟲子們充分相信這支殺名赫赫的海盜團，區區一群貝阿星系的軍匪怎麼可能與出身卡美拉文明的最強者們對抗，文明等級差了那麼多，戰鬥結果還用說嗎？！根本不需要那位傳說中的女戰神團長親自來，有這位克里．烈石．黑骷髏大人就夠了！

這時，控制室外，突然響起了一排慘叫。

幾十名十字梟的團員闖進控制室，結結巴巴的大喊：「烈石！快看外面！快看！」

克里木著臉，轉過頭，往飛船外一看，常年瞇縫著的雙眼突然撐大了。

貝阿行星帶，各個繁華星區的星空上，飄浮著梁依依微笑的廣告倩影。她穿著曼妙的及膝裙，手握著庫尼生化的產品，在星空中時而巧笑倩兮，時而托起產品，時而轉一個漂亮的圈圈。

天幕投影巨大又清晰，讓往來的商船旅隊都不禁放慢了速度觀看。

克里震驚了，「團長……」

團員們慘叫：「看！團長在笑！」

「團長穿裙子了！」

「哇——」

「天啊！團長居然會轉這麼軟的圈！」

「她在搔、首、弄、姿！」團員們驚恐尖叫。

「這不是真的！我要馬上跟她通話——」

……★……★……★……

隔天，林棟實驗室獻上來的所謂微米級的、生物組織複製型的、完美無痕的特效藥物，總算展現了它應有的特效，梁依依那「受到重創的局部地區」終於完成了災後重建，可以再次入住了。

顏鈞表情鄭重、實則摩拳擦掌的對女朋友提出了要求，他要求繼續深入了解、開發領地、大力生產、不懈播種、深挖洞、廣積糧、不豐收、不下床……總之要摒除雜念、胡天胡地、專心打洞，啊不是，專心造人……總而言之，言而總之，他要關門生兒子！

然後，他被反應遲鈍、許久才領悟真意的臉紅紅少女一把推了出去。

糞蛋！

好無恥噠！

「我們要生兒子！這是軍令！」被推出房門的顏鈞不死心的扒門縫。

「碰！」羞羞臉的梁依依一把將門拍到他臉上。

「喂！這是很嚴肅的！」顏鈞不死心的撓門。

「咚咚！」梁依依在羞憤中捏起小粉拳捶了兩下門。

「我也是為了妳好！妳不是餓嗎？！我餵妳啊！」顏鈞扯著嗓子循循善誘。

門那邊，聽到這話的梁依依果然頓了一頓，陷入了艱難的沉思，作為一個「肚子決定腦子」的人，她真的是很不容易才奪回了理智，權衡利弊，不知道想像到了什麼可怕場景，於是一收小腹、夾緊小嫩腿，氣壯山河的嬌喝一聲道：「我不餓！泥揍凱！」

梁依依居然說她不餓了，好可怕，她現在是真正的無欲則剛了！

「嘖！」

糾纏老婆無果的顏鈞特別不爽的轉過身，與不知道什麼時候出現在身後的陸泉等人面面相覷。

陸泉臉上寫著：唉……

林棟臉上寫著：嘖嘖……

瑞恩臉上寫著：啪啪啪啪啪啪……

阿連已經捂上了臉……

顏鈞的臉紅了一陣，白了一陣，又青了一陣，最終黑了。

「你們來幹什麼?！」少爺咆哮。

陸泉、林棟等人默默的亮出手中兵刃，啊不是，幾人拿出道具——家庭影院機器人、布景板、化妝包和槍械模型等。

「明天梁小姐要『死』了，我們當然是來排練的。」陸泉的表情可複雜了，眼神中蘊含著複雜的嘲笑、鄙夷、同情、擔憂等，但表情依然是無限的溫和平淡、忠心耿耿。

「以梁小姐的唱功來看，她的演技恐怕也是個硬傷。」林棟的表情就簡單多了，瞇著眼，坦率的鄙視著少爺，一邊回憶著那天拍廣告的時候梁依依試著唱了首廣告歌，結果她顫抖著嗓子唱完之後，滿場的軍人們在寒風中打了一個哆嗦，真的不知該說什麼好了，最後還是昏君大吼一聲「鼓掌！」，大家才違心的鼓起了掌。所以可以想像，她那演技，估計也只能達到少爺的欣賞水準。

「嗯，我們需要多排練幾次。」阿連有些同情的看著少爺，她負責為依依小姐化妝。

「唔！」顏鈞霸氣沉穩的默默向外走去，等到那幾人敲開梁依依的門進去了，他又霸氣沉穩的默默走回來，使用能力偷聽。

房內，投入到「去死去死」小劇場的梁依依再次活了過來，投身進了從舞臺上掉下來摔死、在小飛船中爆炸死、被顏鈞的腦殘粉暗殺死、被熱情的粉絲踩死……以及噎死、嗆死、蠢死等各種逼真小劇場中……

第二天，那場帶著生硬與刻意感覺的大型廣告見面會，在天痕星區的斐其尼星球召開了。

贊助商當然是白羅生和庫尼生化，聲勢極其浩大，來湊熱鬧的政客、友人、明星何其多。當然，最眾星拱月、不得不璀璨奪目的是被強行趕鴨子上架的梁依依，演練了這麼多回，她是無論如何也要把今天演好的。

貝阿行星帶內的大大小小媒體悉數到場，大部分人都知道，今天這齣肯定是顏氏繼承人砸錢哄女人開心的一大手筆，絕大部分人都是衝著八卦新聞來的，只有小部分人是真心衝著新品武器發布來的。

顏鈞一直在泊空的飛船內監視著下面的動靜，他盯著梁依依走上見面會會場，盯著她笑，盯著她有點緊張的回答那個腦殘男主持人的提問，盯著她逐漸放鬆下來、越來越淡定沉著（？），看她熟練的背著臺詞，隨著她不自覺的放鬆，坦率的嬌憨氣就露了出來，而那個該死的腦殘男主持人居然忍不住逗她，她還一本正經的乖巧回答……

——傻瓜！妳不知道這樣會讓猥瑣男更興奮嗎？！

顏鈞好不容易等到梁依依完成了廣告見面會，盯著她甜甜笑著揮手離開，盯著記者們追了上去，梁依依慢慢走上漂亮的小飛船，在飛船升空到一百公尺高度時——轟隆隆！

火光刺目，濃煙滾滾，下面爆發了尖叫、大喊，人群奔走，白羅生與庫尼生化的會場負責人在震驚的怒吼，軍警突入，帶著夜旗軍守在地面的陸泉等人是絕對的演技派，場面混亂不堪。

顏鈞鬆了一口氣。這件大事總算完成一小半了，後面還有得演呢！

他揮手指揮飛船靜悄悄的離開，無聲的泊入幾百公尺外的一艘大船內，而後邊向裡走邊打開耳麥問：「她到了沒？」

「報告！已經到了！梁小姐的瞬間向量位移已經完成，現在位移艙已定位在本船的中央艙內。」

「嗯。」

聽到回覆，顏鈞放心了。這個瞬間向量位移技術，顏氏還只能在一公里以內的距離實現，且只能做到0.1μ秒速的移動，但是用來欺騙普通巡航者的肉眼、騙騙電視鏡頭，那還是綽綽有餘。讓梁依依的飛船在清澈的高空之中、眾目睽睽之下爆炸，徹底燒成滾滾煙塵，死得不能再死，不留下一點痕跡。而梁依依呢，實際上進入了瞬間向量位移艙，爆炸發生的那一剎那便立即將她轉移了。

應該是天衣無縫的。

顏鈞進入中央艙，按下那個位移艙的開門按鈕，抿著唇，靜靜的等他的傻瓜出來。

連他都不知道自己此刻的表情有多不耐煩，眼神卻又有多麼溫柔。

門緩緩打開。

……

……………

……………………

顏鈞眼眶睜大，心臟停跳、陡然一縮，不自覺的後退一步，嘶聲驚喝：「人呢?!」

……★……★……★……

梁依依從乾熱和眩暈中迷糊著睜開眼，這個向量位移感覺好奇怪，突然瞬間被火烤了一樣渾身爆熱，然後還有點天旋地轉、暈黑暈黑的……

「給我點水……」她摸摸嗓子，揉揉眼眶，迷糊的伸出一隻手。她現在應該是在另一艘大飛船上了吧。

在梁依依的位移艙前，克里．烈石．黑骷髏帶隊，一群海盜團成員蹲在梁依依旁邊，捧著大臉圍觀她。還有幾隻蟲子不甘寂寞的在他們肩頭蹦躂。

離她較近的白石聽懂了翻譯器翻的話，立刻替她端了一杯水。

「謝謝……」梁依依睜開眼掃了他一眼，低頭乖乖抿水喝。

周圍響起一片抽氣聲。

「她說謝謝……」

「翻譯器沒錯嗎？」

「噢！團長對我說謝謝！」

「蠢貨她不是！」

梁依依小小的抿了幾口水後，速度緩慢的反射弧終於接上頭了。她張開嘴，看了周圍一圈，震驚發現——不對勁啊！

就算夜旗軍的軍人她不可能各個都認識……但是……這一群人，真的長得很奇怪啊……尖耳朵就算了，還有水晶般的紫眼睛，有幾個人眉心中央還有一道小裂縫……

於是梁依依驚慌的問了：「你們是夜旗軍嗎？」

眾人交頭接耳，是梁依依聽不懂的語言。

「你們是誰？我不該在這裡。出了什麼問題？」梁依依低頭看了看自己，看上去挺正常的。

一直默默研究她表情的克里緩緩的站了起來，高塔般的投下一道黑影，俯視著梁依依。他盯著她看了一會兒，雖然內心想著「踏馬的真是有趣極了！我一定要讓她穿女僕裝來打掃、做飯、按摩，再拍下來傳給團長看！」，但是臉上依然很難有表情。

他揉了揉臉頰，爭取讓自己的神色生動一點，然後用較為恐嚇的表情再看向梁依依，對兄弟們道：「把這個女人關起來，審幾天，拍點影片傳給團長，讓她自己思考去吧。至於我們，還得先解決那幾個迪里斯皇族流竄犯，也讓他們逍遙得夠久了……」

「你們到底是誰啊？！」梁依依還在希冀得到答案，這會兒她除了驚慌無措、孜孜不倦的問，也沒別的事情能做了。

白石看到團長的臉上露出這麼柔軟害怕的表情，簡直興奮得要發抖了。他瞥了一眼烈石，見他沒什麼其他意見，於是相當惡質的抖肩壞笑，用翻譯器道：「我們，是海盜哦！最凶殘暴戾的海盜哦！」

「啊？！」梁依依相當配合的震驚害怕了，她不解的指著自己道：「可是，海盜……為什麼要抓我啊？」

白石歪嘴笑道：「是海盜，當然什麼都盜囉……」

第六章 ✦ 軟妹版海盜團團長

整個貝阿行星帶，新聞已經鋪天蓋地，突如其來的大事件爆點十足。

商場的過路牆上、電視上、網路上，充斥著高空中騰起的那朵火雲，而後貝阿八卦臺偷拍到了顏鈞茫然又震怒的臉，顏鈞的兩大侍從官出入的時候臉上和身上都掛著彩，顯然挨了瘋子一頓打，傷勢不輕；梁氏的母親衝出顏宅，痛哭流涕的要顏鈞還她女兒。

幾天後，埃爾・拜倫突然放出消息，指顏鈞偽造梁依依死訊，是因她有特殊能力，刻意隱瞞，引起少數人物側目。這讓幾天以來看上去越來越寡言沉寂的顏鈞突然狂暴，失去理智的他不顧局面、不理攔阻，衝進拜倫府將埃爾．拜倫拎出來，兩人莫名其妙打得天昏地暗，顏鈞似乎真是想把他往死裡打，之後引發了極大的騷亂，顏氏與拜倫氏差點對壘軍隊……

這些，梁依依都不知道。

她正穿著女僕裝，低著頭，默默的擺放甜點。

她的周圍，或蹲或坐或站著一群男人，特別興奮的跟在她身後，隨便她做點什麼都能引發一片譁然，然後一群高大的男人們像小少女一般嗡嗡的交頭接耳，看上去很想來鬧她，但是又不太敢靠近她。

還有一個頭上紮著綁帶、一頭紅毛的傢伙，一直在她周圍轉來轉去，對著她使勁眨眼睛。

她知道，他只是在照相或者錄影。

他們的科技好奇妙，好多東西她都沒見過，比如他們視網膜上植的那個東西，功能好強大，拍照、分析、聯網、傳信、計算……就像跟人腦無縫接軌的無形小電腦一樣。

再比如，可以擺在桌上的一塊魔方，進入裡面卻有一間寬敞的臥室，據那位總是在不斷調整表情的克里．烈石．黑骷髏先生介紹，這是很尋常的空間壓縮技術，但對於梁依依來說，這種技術到底是壓縮空間還是壓縮餅乾都無所謂，關鍵是，這個小魔方就是她的臥室……

=＿=

時常與面部僵化症鬥爭的克里強調，為了使她不被飛船裡奇怪的男人傷害，他特許她住在他的小魔方儲物間裡，然後他有時會把小魔方擺在書桌上，有時候會拿在手裡一隻手咻咻咻飛快的掰著玩，很難講他是不是故意的。

於是，午夜夢迴時分，當梁依依悶在枕頭裡孤獨無助、思念情郎、想念母親、柔腸寸斷、嗚嗚哭泣、悄然淚下之時，經常會聽到非常破壞氣氛的快速卡噠、卡噠、卡噠聲，那就是克里小隊長大半夜手抽在玩魔方了……

然後梁依依便會默默的擦乾淚，勇敢的趿拉著拖鞋，打開臥室門，對著外面超大的克里小隊長說：「什麼什麼骷髏先生，請不要再手癢了，好嗎？」說完，關門。

克里：「……」

梨花帶雨、美目含淚的團長……

克里內心：驚嚇——回味——興奮——踏馬的真是有趣極了真想再看一次！

繼續玩！

「卡噠、卡噠、卡噠、卡噠……」

於是，一整個晚上被這群奇怪的男人裡最奇怪的一個不停默默騷擾的梁依依，悶在被子裡嚶嚶嗚嗚的哭了。

他們……到底想對她怎麼樣啊……為什麼會有這麼奇怪的事……為什麼手機完全沒信號了……該怎麼辦啊……

「顏鈞，我好害怕……」

……★……★……★……

此時，距離艾芙蘭大星群．貝阿星系數千萬光年外的某個低文明星系內，有一顆尚未出現智慧生命的原始星球，這顆原始行星附近有一座小型衛星大小的球形太空堡壘，堡壘偽裝成一顆冷硬荒蕪的衛星，正環繞著原始行星緩緩公轉。

堡壘內，由於某位女戰神的脾氣發作，大家的氣壓都很低。

十字梟海盜團團長——甜甜．碎石．黑骷髏小姐（？），正手握滋啦作響、時不時刺目閃動的閃電鏈，冷冷的揚起下巴，木然俯視著一名傲然獨立的老者。由於甜甜團長個子不高，她只好絕不服輸的踩著一張板凳，堅決要俯視對方。

「說！」

她的話音比冰雪更寒冷，她居高臨下的氣勢比傲梅更凜冽。

老者看了她一眼，回以冷傲不屑的輕哼。

「告訴我！為什麼？！」

甜甜團長表情略顯凌厲，手中的閃電鏈滋啦抖動，無形的逼問對方。

如果有誰以為她是在追問這位博學全能的老人宇宙的終極奧義或者究極武器的製造原理，那就大錯特錯了，其實她只是在問……

「為什麼他不喜歡我？！」

團長冷漠的臉上有著薄薄的憤怒與傲慢，好似是因為驕傲尊嚴受到衝擊而不快，又好似是因為求之不得而惱怒。

眾所周知，這位不近人情、不通世事、剛滿一百周歲、還處於漫長青春期的小女魔頭，自從對那一位……的外表一見鍾情之後，就持之以恆、堅持不懈追求了對方三十幾年，兩人也互毆了三十幾年。

由於甜甜團長一點都不甜，一臉冰霜、渾身霸氣，毫無女性魅力，是個雄性都要遠遠繞道走，而且她周圍都是些雄性荷爾蒙超標的粗糙貨色，提供她的求偶策略也不外乎都是女換男的種馬改良版，什麼「男人，就是要幹，幹翻他就服了」、「他不從妳就揍，揍趴下就跟妳走」、「老大，只要征服了他的身體，什麼都好說了」、「愛什麼愛？騎他！」……諸如此類的糟糕建議層出不窮，導致她幾十年來的求偶路在曲折中不斷通向失敗。

比武力，那一位出自卡美拉高級聯邦的「軍神世家」；比勢力，他是官、她是匪，對方素年來一直帶兵追著十字梟砍；比長相，那一位足以憑藉外貌只一眼就吸引到凶殘的女戰神，而長相其實不俗的甜甜團長除了公蚊子，至今沒吸引到過其他雄性；比小弟……這個算了，沒有可比性。

由於各方面都無法「俘虜」他，甜甜團長只好採納了狗頭軍師莫里．硝石的餿主意，把對方最為倚重的恩師抓走。

——囚禁，鞭撻，審問！放出風聲，等著他來求她！

說得對！男人，就是要被她幹趴下才會愛她！一定是這樣！

突然，刷拉一聲——

「團長，您有一封影音信息。發信人：克里．烈石．黑骷髏。加密級：絕密＋＋＋＋＋＋＋＋＋＋！」

甜甜的右眼彈出一封資訊的全息虛影，她最後冷冷的盯了這位嘴硬的大師一眼，轉身朝自己的臥室走去。

片刻後，悄悄摸摸看完影音信息的她突然砰的一聲打開房門，蹙著眉頭在門口驚疑不定的站了一會兒，然後大步朝外走，高聲傳令道：「莫里！帶上兩隊人，馬上跟我去一趟艾芙蘭星群！」

⋯⋯★⋯⋯★⋯⋯★⋯⋯

天痕軍校上空，白雲襯藍天，一艘不起眼的商船泊在兩千公尺高空處，全身隱形。

克里在控制臺前用手劃拉撥動，將顏煦、沃爾夫、馬龍等幾位本地土著將軍的照片挑出來，對應鎖定本人資料及座標。

一隻內立卡的蟲族長老趴在控制螢幕邊，觸鬚晃動，道：「就是這幾個、就是這幾個！他們就是本地最大的土著族長，還有他們的後代也很厲害，哦不不不，不是很厲害，是很麻煩，這些就是阻擋您收拾迪里斯人的最大阻礙，他們敢於包庇保護迪里斯人，就是公然反抗您！」

「蟲子們已經與當地皇室悄悄制定好了計畫，正好前線戰爭結束，需要一些慶功活動，皇室已經邀請將軍們赴各區軍校巡視、閱兵並且演講，第一站就是下面的天痕軍校，迪里斯皇族也會到場，所有的老蟲子、小蟲子、白蟲子、黑蟲子都會到齊，您可以一網打盡、殺死他們！這樣，您不僅可以掃除保護迪里斯人的攔路虎，貝阿皇室的默爾克殿下更會為您奉上優渥的酬勞！」

蟲族長老說完，一對烏溜溜的小眼睛期待的看著克里。牠知道這群海盜粗暴強大，沒有耐性，請他們耐著性子、按部就班幫忙做事是不可能的，所以蟲子們要開動聰明的大腦，把所有準備工作都做好，只勞駕他們在捉迪里斯人的時候順手按一下按鈕，動用他們高等級的碾壓武力，將這些礙事的本地軍匪清掃乾淨就好。

克里撐著下巴，隨手敲了敲螢幕，沒答話。被圈起來的目標們已經全部集中在下方，只要把三個迪里斯人捉出來，剩下的用一枚列解炮就能全部幹掉，不麻煩。

他偏頭道：「白石，團長什麼時候到？」

「本地時間五小時後。」

「嗯……」克里揉了揉有點僵化的臉。要是她不來，這裡當然全權由他負責，不過既然她來了，那還是要由團長批准開火。

「白石，計算下方的學校面積、進攻位置和攻擊當量，準備γ列解炮，將全程實況傳給團長監督，等她一批准就毀滅全體標記目標。尼克，開火之前，你帶人去把迪里斯人捉出來，一定要謹慎小心，別讓他們又跑了。」克里一一分派任務。

「收到！」

蟲子們一見計畫得逞，興奮的扭了起來。

蟲族長老的一對觸鬚不知死活的在克里的手指邊掃來掃去，情不自禁的傳播著振奮激昂的雄性資訊素。

五感敏銳的卡美拉人不約而同皺起了鼻子。

克里蹙眉，手指一揚，將穿著裝甲的蟲族長老凌空弄死，不悅道：「滾開！」

蟲子們：「……」

蟲子們默默的縮到牆角去，敢怒不敢言。牠們一早就知道了，在海盜之王的手下占便宜，是與虎謀皮，時時危險萬分。

……★……★……★……

天痕軍校的晨星廣場上，學生們高高揚起下巴、站得筆挺，激動萬分。

能同時見到五大軍閥的將軍們，並且接受他們的檢閱、聆聽他們的戰報、參與他們的慶功，這可是可遇而不可求的機會！太難得了！

卡繆上將站在主席臺的右側，作為管理學校安全與紀律的副校長，他一直默默掃視著廣場上的戰備方隊，他的視線不經意的掠過四年級隊首，三名隊長正規矩的站在那兒，顏鈞……請假。

卡繆出神的盯著顏鈞應該站的那個位置看了一會兒，又抬頭看向天空，英俊、嚴肅、周正的臉上，露出少有的放空表情。

一名教官走來，將整理好的全體出席人員名單遞給他。

卡繆隨手接過名單，低頭掃一眼，軍派和聯盟官員到齊，只有這次巡視活動的倡議者——皇室，一個都沒有來。

……有點奇怪。

兩千公尺的高空上，十字梟的偽裝商船正在不斷竊取本地的衛星資料，並且控制衛星影像，逐一對準地面上一張張的目標臉孔，鎖定、拍攝、定位。

白石飛快的完成攻擊計算，讓塞斯卡他們準備列解炮，而後手指輕輕一點，將衛星拍攝的實況錄影接軌讓團長看，然後站起來伸個懶腰，輕鬆加愉快的走進餐廳，自以為帥氣的轉一個圈倚靠在長桌邊，單手耍帥的捋了捋頭上的紅毛，興奮的騷擾軟妹版的「團長」。

「起得這麼早？」白石歪嘴笑。

梁依依默默的疊著餐巾，低頭道：「已經快中午了。」

而且，她根本睡不著好嗎！那位克里什麼什麼骷髏先生，一大早就卡噠卡噠卡噠玩魔方，就好像手在癢一樣，一直玩到她默默打開門瞪他，他才滿意的放下魔方去做別的事……這些人到底是有多變態啊？其實大家都不是貝阿本地人，外星人何苦為難外星人……

「哦！對啊，這裡一天四十八小時，真苦惱，我時差還沒調過來，妳有什麼好辦法嗎？」白石苦惱的摸著額頭，說著外星留學學子在酒吧裡泡妞最常用的臺詞，朝梁依依擠擠眼睛。

梁依依默然。

胡說什麼呀！她早上起來閒晃的時候，隔著門都能聽到他們打呼嚕的聲音。

梁依依保持沉默，整理了一會兒餐桌，然後深吸一口氣，小心翼翼的抬頭，看白石一眼，問了一個一直糾結在心的問題：「你們，到底是，來幹什麼的？」

為什麼抓她？什麼時候放啊？

梁依依的那張團長臉，那一副小動物般敬畏與膽怯的眼神，讓白石爽得差點打哆嗦。他隨口答道：「來找東西，順便殺幾個人。」

梁依依不禁揪緊了心。

海盜……來殺幾個人……那把她抓起來……總是有目的的……她很自然的想到：難道他們要殺顏鈞？把她捉來，當誘餌嗎？

「……殺誰？」梁依依小聲問。

白石想了想，「太多了，一炮轟完。怎麼，妳有擔心的人？」

梁依依緊張的問：「是要殺顏鈞嗎？」

白石搖頭，「這我就記不住了，好像有這麼個人吧，名字很奇怪。」

梁依依的眼眶突然就紅了，她都不知道自己快哭了，嘴巴開開合合的，似乎還想強自鎮定的說點什麼。

白石挑起眉頭，覺得挺有意思的看著她。

「你們……你們不怕整個夜旗軍的報復嗎？他們，非常厲害的。」梁依依的聲音有點緊、有些抖。這一刻，她有點痛恨自己的呆憨與駑鈍，想了半天，也只想出這種可笑的、幼稚的威脅話。

白石笑出聲了，撐著下巴，也不回答她。

「整個……整個艾芙蘭大星群，都有顏氏的盟友，顏鈞，他真的不只是……不只是一個普通人家的少爺而已……」見白石的表情略有鬆動，梁依依逐漸找到了一些邏輯，繼續道：「你們當海盜的，做這樣的事，大概是為了錢吧？他很有錢的，你們為什麼不向他要錢呢？你們的雇主出了多少錢？他可以出更多的錢。」

白石抿緊嘴，要笑不笑的。

梁依依舔了舔嘴脣，繼續道：「我記得，顏氏的軍統轄區裡，差不多有七、八顆有武裝力量的行星，你想一想，那該有多少兵力啊……如果他們不計一切的報復或者追殺呢？到時候，你們一船才這麼幾十個人，很難脫身的……沒有必要殺這麼厲害的人吧？殺了他，你們可能會惹上無窮無盡的麻煩的……」

白石終於仰頭大笑起來。他站起來，揉了揉梁依依的腦袋，轉身愉悅的走了，真是不知道該說什麼好。

這位少女的戰略見識還停留在星際戰爭，甚至是熱兵器時代，還在以人多、船多來論英雄，對於可以跨越大星系長牆的戰鬥集團來說，別說殺這麼區區幾個人，他們足有幾百種方法瞬間毀滅一個星系。

這是文明的碾壓啊，小丫頭！

對於堅甲巨象來說，螞蟻的數量毫無意義，即便那是食肉蟻。

……★……★……★……

地面，晨星廣場上，天痕軍校的精銳學員們颯爽勃發，目不轉睛盯著主席臺上。

擅長轉移戰和以寡勝多的馬龍．拜倫將軍正在演講，無數的學子們豎起耳朵，只想在馬龍將軍的演講中獲得收益與點撥。

「指揮者，必須有效的利用周圍的天文情況。以本次聯盟與多德人的戰役為例，在莫普星區的典型多磁極宇宙環境下，使用定向電磁武器是極不明智的……」馬龍將軍正在詳細闡述經典的環境與戰爭關係。

「哼，這樣的陳腐理論還要講，囉嗦。」

天空中突然響起一個女人的聲音，如同炸雷一般，讓底下所有人驚愕的抬頭張望。

卡繆皺起眉頭站起來，驚異的抬頭望天，而後安排人徹查周圍能量場。

隱形商船中的克里也愣了一下，偏頭問：「團長已經到了？」

「沒，還有1.2個天文單位。」

克里聳肩，她還真是一如既往的不甘低調，「趕緊讓尼克準備捉人吧。」

「收到！」

天痕軍校的上空突然出現了幾幅影像，不甘低調的甜甜團長端坐在飛船控制臺前，表情冷若冰霜，神態傲如寒梅，一邊默默的啃著水果，嘴巴吧唧吧唧嚼著，一邊木然道：「典型的複雜多磁極宇宙環境你見識過幾個？艾芙蘭星群不存在所謂的多磁極環境，我認為，至多只是一個交叉磁場而已，真正的多磁極環境下，恰恰適合使用電磁武器BLABLABLA……」

克里等人扶額，她怎麼突然說起這個了……

顏煦和馬龍將軍等人驚訝的仰望著軍校上空，晨星廣場上一片譁然和騷動。

薛麗景在學員佇列中失聲大喊：「梁依依——」

還活著……卡繆也震驚的盯著那張臉，一時之間心情複雜。

主席臺上，迪里斯的三位受邀皇室也抬起頭，對於這種元素成像技術倒沒有驚訝，十字梟海盜團的團長他們並沒有見過，對梁依依也沒有什麼印象，於是對天空中的那張臉他們沒有感到驚訝，但是當那女人微微移動、露出身後的十字梟黑骷髏徽記後……

安蘇皇子騰地站了起來，三人二話不說，火速跑路！

甜甜團長的飛船此時正在快速逼近貝阿星系，從卡美拉外圈到艾芙蘭大星群，上千萬光年的距離正常行進需要一週時間，但是海盜嘛，總有許多不守規矩的蠻橫方法，強行直航、搶多重躍遷點什麼的，都是拿手絕活，一天半就跑過來了。

不過，她跑到半路又覺得鬱悶了，為什麼她要跑這麼遠去看一個跟自己長得一模一樣的人？為什麼不是烈石把人帶過去讓她看？！

可笑。

於是甜甜團長半路上又發脾氣了，欲求不滿之後，又莫名其妙跨越無數星群跑這一趟，氣壓更低，去船艙中再度蹂躪了一把心上人的老師，回來就收到了白石發來的實況轉播的接駁，看完更生氣了——這群愚昧無知的土著，不懂裝懂，還端坐在主席臺上講課？！

可笑。

衛星一直鎖定著幾個標記對象來回拍攝，甜甜團長微微蹙著眉頭，一邊吃水果、一邊掃視上著們的臉，老頭、老頭、又是老頭，老……突然，她驚訝的睜圓眼睛，手中的水果掉了下去。

她伸手按住螢幕，鎖定了那張英俊深邃、仰望天空的臉，那眼睛、那神態……像……

有點像……

不，比他還要好看呢……

甜甜．碎石．黑骷髏小姐條件反射的用右手捂住胸口，嚴肅的直起了背，嘴裡默唸了一句話。

一百年以來，她第二次，做出了如此鄭重的求偶動作。

克里這邊的衛星拍攝實況是與團長同步的，他一發現鏡頭被定格，立刻多看了幾眼螢幕，然後——幡然驚醒了。

「白石、白石！列瓦多．白石！你看這個人，看他有一點像誰？！」

白石湊了過來，分辨了許久，在克里的反覆提示下，兩手一捶道：「是啊！像那一位嘛！那個性格糟糕的聯邦安全司司長！哇！還真的哎！特別是眼睛和輪廓！要是他像我們一樣有一雙水晶般的紫色眼睛和優雅美麗的尖耳朵，那就更像了！」

克里揉了揉臉頰，點開這人的詳細資料，當他看到此人因長相不似父兄、情緒激動時會顯露紫色眼瞳和尖耳朵，因而被傳不是拉瓦德家族親生子嗣時，他微妙而訝異的蹙起了眉頭。

第七章✦為什麼妳長成這樣？

「克里，迪里斯人已經搞定，全體目標已定位，列解炮已準備完成，團長的飛船正在降落，但是她沒有批准開火，怎麼辦？」

克里瞄了一眼螢幕上的英俊男性，使勁揉臉頰道：「還開什麼火啊……」

須臾，女戰神駕駛的梭形作戰飛船駕臨天痕軍校上空，毫不遮掩、無所忌憚，盡情的展示著黑骷髏標記，黑色的船身時隱時現，飛船不緊不慢的下降。

「貝阿星系的愚民們，我是十字梟海盜團的團長，蘇卡里葉・莫爾芬達・怒薇拉・甜甜・碎石．黑骷髏——來自卡美拉。」

鏗鏘有力的女聲在空中迴響。

「為了你們短暫的生命著想，我建議你們雙手抱頭、蹲在地上，忠告——不要抵抗。」

底下頓時一片騷動與譁然，炮口與槍口密集的豎了起來，鬥奇等人已經開始武裝。

甜甜團長腳蹬高靴，右手拿著閃電鏈，表情嚴肅的站在艙門口。地面上的那些動靜對她來說，猶如塵埃一般無足輕重，但不知道為什麼，一到這裡她就感覺腦子時不時的有些抽痛和眩暈，一定是一見鍾情的反應太強烈了。

她整理了一下衣服，鄭重的詢問軍師莫里道：「我等會兒第一句話應該說什麼？」

莫里想了想，誠懇的建議：「最好不說話。」

團員們說：「也不要笑。」

「更不要露出對待安全司長那樣的倨傲又渴望的表情。」

「老大，妳在緊張什麼？！幹不趴聯邦安全司長，難道還幹不趴這一個？！」

甜甜思索片刻，高興，點頭道：「說得也是……」

她揚起下巴，一腳踹開艙門，帶著兄弟們從空中漂亮的俯衝而下，甩動閃電鏈，將飛上來阻攔她的軍校衛兵們一鞭子抽開，窈窕美麗的身姿像一隻飛鳥，在空中靈活穿梭，肆無忌憚的橫掃擋路者，尋常的攻擊武器在她身體前十公分的地方就會詭異的被折射攻擊。她對於蒼蠅般撞上來的衛兵們煩不勝煩，兩手一抄，半徑十公尺內來犯的衛兵們就突然全身僵化，狠狠的落在地上。

薛麗景顫抖的哭道：「這是梁依依，變異了……？」

正常人俱樂部小A腿軟了，「十字繡海盜團是什麼東西？專搶十字繡嗎？她這是幹什麼，裝扮成海盜，上演復仇女神？」

小麗問：「難道說她的真實身分是海盜？我沒做過對不起她的事吧……現在去套交情還來得及嗎？」

「假、假的吧，是不是之前她那個廣告的現場特別版，故意這麼演的？推廣武器什麼的？」

「有必要……這麼逼真嗎？」

「感覺很不對勁，我們還是跑吧！」

海盜團長一個漂亮的翻身落地，而後徐徐站起，右手拖著滋啦作響的閃電鏈緩緩前行。

人群在忌憚中分開。她如同肉食動物見了肉一般，直勾勾的盯著卡繆，她俐落的翻上主席臺，輕鬆的走到他面前，端詳了他片刻，然後努力的踮起腳尖、捏住卡繆的下巴說：「我喜歡你。」……的臉。

卡繆睫毛微顫，雙脣被溫軟一觸，此生第二次，被「同一個人」吻了。

甜甜不擅長這個，用力的磨蹭了他兩下，覺得高興極了，可突然她猛地感到天旋地轉、能量場紊亂一般的眩暈，她兩腿一軟，有點窒息的跌進卡繆懷裡。

底下的團員們驚了——

「團長無師自通學會了裝柔弱！」

「她居然也有軟綿綿投懷的一天？」

「好可怕的一幕……」

面對她突如其來的軟倒，卡繆的身體先於大腦反應，迅速抱住了她軟趴趴的身體，而後他有點鬱悶的閉上眼，對她、對自己，都感到惱怒。

她到底是……

到底是什麼意思？

等到她再次睜開眼，是不是又會告訴他，她這是被控制了、被制幻了，甚至人格分裂了？

卡繆繃緊下頷，脣角下抿，慢慢的推開她，漠然垂著眼簾，不去看她。他以訓誡的口吻沉聲道：「妳到底在幹什麼？」

他掃了一眼四周被她抽暈倒地的士兵，皺起眉頭，這個情況讓他有些不能理解。

甜甜揉了揉額頭，甩甩腦袋，茫然的眼神逐漸恢復銳利，抬起頭道：「我剛才說的你沒聽清嗎？我喜歡你，也就是說，以後你就屬於我了。如果你敢不答應我……不，你沒有選擇權。」她果斷的拉起卡繆的手，握力驚人，將他往外拖行，道：「你以後就跟著我吧，沒有人敢欺負你的。」

卡繆很是費了一點勁才反手拉住她，停下腳步。

耐心不足的甜甜團長回頭看他，不悅的瞪眼。

卡繆深深鎖眉，認真的盯著她看……彷彿第一次認識她一般。

依然是163.37695的身高，穿著接近七公分的高跟長靴，或許因為激動……目前體溫超過地球人類常溫，體重比前段時間重了點，腦部活動極其劇烈……她在想什麼？

梁依依小巧甜美的圓臉上，此時展露著鋒芒畢現的果敢神采，這感覺極其陌生。

卡繆喉頭滾動，低沉的聲音猶如一把大提琴，「妳確信，妳沒有被控制？」

甜甜揚起眉頭，「誰能控制我！」

「……沒有被制幻？」

「當然沒有！」

卡繆深深的吸了一口氣，垂下頭，「妳確定妳……」他的聲音越發低沉，「喜歡我？」

甜甜有點不耐煩了，覺得他好囉嗦，「是的！我很喜歡你。我不喜歡重複。」

卡繆抬起頭，深邃的雙眼猶如兩汪深潭，深潭中卻燃著兩簇越燒越旺的火苗。他有點懷疑，有點迷茫，又有點緊張和腦熱……

他非常想問她：妳不會過幾天再告訴我，這只是一個有特殊原因的誤會？或者，只是一個變裝遊戲？

但他又迅速的閉上了嘴。這種問題，很不合他的身分，也顯得過於患得患失。

確切的說，他作為師長，根本不應該跟自己的學生，在這神聖的母校殿堂裡，有這樣的對話和舉動。

太不合規矩了。

這是在侮辱天痕之鷹……

甜甜團長被卡繆那雙深邃迷人、潛流暗湧的眼睛凝視著，莫名其妙就有些緊張起來。她的人生中，頭一回被一個如此英俊、讓她喜歡的雄性這樣沉沉注視著，這讓她頭皮瞬間發麻起來，對這樣緊張無措、失去掌控的感覺，她感到很不悅，但又好像很喜歡。

她握緊了拳頭，硬著頭皮揚起下巴道：「你看什麼！」然後她遮羞似的撲了上去，一手勾住他脖子，強迫他彎下腰，又懲罰性的噘起嘴用力撞了上去。

卡繆雙眼微微一闔，感受著她顫抖的睫毛和溫軟笨拙的嘴，腦子裡已經空空一片。他深深呼吸，索性有點破罐破摔般的閉上眼，一手用力的撈起她的腰，一手略微顫抖的捧起她的臉，兩人帶著生澀和探索，情難自禁的越吻越深。

滿場的師生呆成了傻子……什麼啊？這到底怎麼回事！

晨星廣場的另一頭，聽到梁依依的消息，兩眼猩紅、狂奔而來的顏鈞猛地停住腳步。

他的眼眶還紅著，素來英俊銳利的臉上居然帶著男孩般的茫然神色，兩手上纏著繃帶，向來規規矩矩扣好的風紀釦此時卻是凌亂的開著。

他盯著主席臺的右側，腦中嗡鳴，神情恍惚。

……★……★……★……

自從桀驁妄為的團長大人落地後，克里所在的商船就開始向天痕軍校緊急迫降，雖說以這群土著的武力值來說，不會對團長造成威脅，但是誰知道在美色的誘惑之下，她會不會犯上一、兩個失誤呢？

商船迅速解除了天痕軍校的防禦網，並破壞了南岸崗哨的地面武裝，順利在天痕軍校南岸上空停泊。克里等人帶上武器，大開艙門，幾乎全員出動，極其囂張的直接向那個廣場走去。

穿著女僕裝的梁依依，小心的扒著艙門，瞥一眼緊緊關著門的控制室，鼓起勇氣，悄悄的跟著溜了出去。

商船的浮空高度有三公尺多，梁依依從艙門口的滑梯往下剛剛溜到一半，滑梯就開始往回收，她只好哆哆嗦嗦、咬緊牙往下跳。

駐守在控制室內的人輕描淡寫看了一眼監視畫面，居然也沒攔她，只向克里報告道：「烈石，那個比較軟的『團長』跑出去了。」

克里揚眉道：「隨便吧，又跑不掉，也沒什麼重大關係。看這樣子，團長已經找到了更有趣的東西，可能也不會對她感興趣了……跑就跑了吧。」

梁依依跳到草坪上，足踝和膝蓋受到了猛力衝擊，疼得她眼中瞬間浮起了淚水，可不知道為什麼，此刻她連哭都不敢大聲哭出來。她爬起來，擦擦眼睛，揉揉雙腿，揪著裙子，一時有些不敢置信的左右望了望，確信自己真的跑出來之後，她忍不住又有點想哭，她嗚咽的小聲喊了一聲「顏鈞……」，然後像隻兔子般迅速向顏宅跑去。

晨星廣場邊，兩眼猩紅如血、表情越來越猙獰的顏鈞「卡吧」一聲捏響了拳頭，驚動了別人，彷彿也驚醒了自己，他慢慢撥開擋在前方的人群，朝著那對狗男女走去。

晨星廣場外，被陸泉半路截住、轉而向廣場跑來的梁依依，拎著裙子氣喘吁吁的用力邁著腿，跑到一半，她突然像被猛擊了一般感到頭暈，於是她被陸泉抱了起來，兩人奔向廣場……

泊在半空中的十字梟作戰飛船上，兩名看守米恩大師的海盜團員正在無聊的看衛星錄影，津津有味的捧著大臉看團長扭來扭去的打啵，還饒有興致的點評。

作為享譽卡美拉星系的文明大師，米恩大師對這兩人的粗俗話語簡直無法忍耐，他默默的望著舷窗外，忽然感覺氣象很不對勁，而他的腦中以及他的β內核深處，也感到了格外的躁動不安。

突然，兩名海盜指點著從大廣場周圍往裡擠的一個男人道：「看，他抱著的是不是那個跟團長一模一樣的妞？放大看……真的一模一樣！怎麼克里讓她跑出去了？」

「嗯……確實幾乎是一模一樣，真是神奇的造物，據說十八歲，太年幼了，怎麼算都不像是團長的親戚啊！」

米恩大師聽到這話，突然像被刺扎到了一般睜大雙眼，他驀地轉身，快步走過來。

「看，我這裡還有『團長』穿女僕裝倒茶的錄影，哈哈……」他笑到一半，突然站了起來，盯著螢幕上轟然倒地的團長道：「怎麼？團長怎麼暈了？！」

遭到攻擊？！兩人默契的拿起武器就要往地面闖。

突然，米恩大師兩手顫抖的攔住他們，他指著螢幕上的廣場另一頭、也已經陷入暈迷的梁依依道：「攔住她，阻止她們……馬上分開她們，絕對、絕對不能讓她們相遇！」

……★……★……★……

斜陽將墜不墜，掛在天際……已經很晚了。

梁依依昏昏然的偏過頭，從綿軟舒適的枕頭中露出側臉，吧唧了一下嘴，迷迷糊糊的醒過來。

她頭很暈，太陽穴有些腫跳和脹痛，渾身像泡在酸水裡一般綿軟痠漲，眼睛一時之間不能聚焦，眼前光影交錯，畫面恍惚。

她睜開一線眼，看到顏鈞端肩直背，手搭著膝蓋，坐在她的床邊。她的視線有點晃，看不清他的臉，他好像在看著她，又好像沒有在看她。但是，知道他在她身邊，甚至只要感覺到他在附近，她就能夠放下心來，眼眶不自覺的紅熱泛酸，湧起好多的依賴感。

她還沒從這兩天的經歷中回過神來，腦袋也不舒服，她現在只想抱抱他，想撒嬌。

梁依依抓住顏鈞搭在膝頭的大手，捏緊，然後吭哧吭哧撐起來，埋下頭默默的往他懷裡鑽。

等她成功的把屁股著陸到顏鈞大腿上，伸手圈住他腰，舒服的在他胸口蹭了幾下毛腦袋之後，她才發覺……顏鈞好像不大對勁。

她抬起頭，只看得到他傲慢冷漠的下巴。

「嗯？」梁依依的聲音比喵叫大不了多少。

顏鈞慢慢低下頭，瞇眼看著她，眉頭緊蹙，神色森然。

梁依依不想分析他莫名其妙的眼神，她現在只想撒嬌、只想軟骨頭，她揪著他腰後的衣服晃了晃，道：「你快抱我一下。」

顏鈞沒動。

梁依依便自己用力抱緊他，然後仰頭說：「你不問我這兩天怎麼樣了嗎？你不問我好不好、有沒有被欺負嗎？」她有點不高興，眼睛圓溜溜，「不問嗎？」

顏鈞抿脣。

她莫名問道：「……你怎麼了？」怎麼突然這麼深沉。

顏鈞深吸了一口氣。

他到現在還沒從那猩紅刺痛的一幕裡掙脫出來。

暴起交戰的劇烈心跳還有餘韻……身上的傷還在螫痛他的自尊……

低頭看著梁依依這張臉，他眼前就時不時閃現出那兩個人在……

「砰！」顏鈞一巴掌拍碎了椅子扶手。

梁依依嚇得立刻坐好，她不明白他為什麼突然暴起脾氣來，那一臉的黑雲，渾身綳這麼緊……她老實坐直，乖巧的看著他，無意識的捏著自己的手指。

顏鈞伸手抹了抹臉，一把將她重新抱回懷裡，下巴擱她頭頂上，咬牙切齒的說：「妳為什麼長成這樣？」

「啊？」梁依依無辜的張嘴，他這是在莫名其妙發什麼怪火呢？她也不想長這樣啊！啊不是，她長成這樣不是挺好的嗎？

「你說什麼？我長得怎麼樣了？梁任嬌女士一直誇我有幾分姿色的。」梁依依噘嘴。

「嘖。」顏鈞把臉埋在她髮間，心裡苦悶、不甘、暴躁、惱恨、刺痛……但又不能告訴這個蠢貨。如果她知道卡繆與一個跟她長得一模一樣的人……是、那種關係……她肯定要彆扭、難受、不舒服，到時候時不時就要哭，還得他哄。

其實……他也並非小氣到見不得卡繆的程度，或者卡繆一定要暗戀他老婆，他也可以把對方當個笑話容忍一下。

但是他無法忍受，卡繆竟然弄一個跟梁依依長得一模一樣的人在身邊，還抱她、親她，這種赤裸裸的覬覦心和冒犯感，是個男人都無法容忍！

那一瞬間他確實是起了殺心要弄死他，但最不可饒恕的是——

那個女人！

卡繆這弱雞根本不夠他幾拳揍的，居然要靠那女人出頭，他只是對著梁依依的臉捨不得打，那個女人倒是出手夠狠啊！下次她蒙上臉再跟他打試試？！看少爺他不弄死她！

「嘶……」

梁依依不小心按到了顏鈞的背，顏鈞抽痛出聲。

「怎麼了？有傷嗎？怎麼受傷了？」梁依依伸手在他身上摸摸蹭蹭，賢慧的為他吹吹揉揉。

顏鈞沒好氣的撇開她的手，盯著她看了兩秒，顏少爺的驕矜與自傲一瞬間血洗了他的黑炭臉，他恨恨然瞪了她一眼。

開玩笑，被一個長得跟她一樣的女人打趴下這種事，他怎麼可能告訴她！

顏鈞把她抱起來扔回床上，草草的替她蓋上被子，道：「醫生說妳有體力透支現象，妳再睡一會兒。」

他把一袋高熱量即食食品放到她床頭，「餓了就吃，或者叫阿連。妳這兩天怎麼回事我都知道了，不需要問妳，妳也不用想東想西。聽話，不要亂跑，妳媽媽明天就過來看妳。那群海盜非常棘手，目前還不明敵我，單單綁走了迪里斯人和……那誰，現在還不動不走的停在天痕星區周圍，不知道他們到底有什麼目的。不過妳也不用怕，本少爺在這裡。我馬上要去開幾個會，估計事情不會少，有事打電話給我，沒事就別亂哼唧，聽到沒？！」

「哦。」梁依依把被子拉到脖子底下，只露出臉蛋，她朝顏鈞噘起嘴巴，索要啾啾。

顏鈞白了她一眼，低頭親親她。他兩手撐在她身側，低頭看了她一會兒，突然又厭煩疑惑的嘀咕：「怎麼會長這樣……」

梁依依以為他又嫌棄她醜了，她嘟嘴，翻身撅屁股對著他，悶聲道：「嫌我醜，我也不准你退貨了！」

顏鈞撇嘴笑了一下，出去了。

走出臥室後，他的表情漸漸冷硬。事實上，事情根本不像他對梁依依說的那樣輕描淡寫。

一個足以毀滅貝阿文明的高等文明武裝力量突然出現在這裡，行事詭譎、目的不明，但顯然肆無忌憚，綁走迪里斯人、帶走卡繆，並且與梁依依有著奇怪的聯繫，他們的做法已然違法了《已知宇宙文明公約》，但身為海盜暴徒，他們本來就無法約束。

這不僅僅是攸關梁依依、迪里斯人或卡繆的事情，處理不當的話，這可能會成為危及貝阿文明生存的危機。

此時貝阿內外，不分敵我派系，統統如臨大敵……卻又束手無策。

……★……★……★……

十字梟梭形作戰船內——

團長蘇卡里葉·莫爾芬達·怒薇拉·甜甜·碎石·黑骷髏，正坐在米恩大師旁邊，瞇著眼，聽他講話。

周圍一眾兄弟們或坐或站，或抱臂或斜倚。

米恩大師捂著胸口，吸氣，頗有些驚魂未定。他抬起有些下垂的眼皮，看一眼那位海盜團長，道：「知道反物質嗎？」

甜甜輕哼：「你在考問卡美拉聯邦小學生嗎？還是你認為，海盜就沒有學識？哼……反物質，由反粒子組成。反粒子嘛，比如正電子、負質子、自旋方向相反的反中子，還有暗物質中存在的與上帝粒子『希格斯玻色子』互為反粒子的波瑟粒子。物質與反物質的結合，會如同粒子與反粒子結合一般，導致兩者湮滅並釋放出高能光子或伽瑪射線。反物質的存在極其微少，但是任何基本粒子均有反粒子，所有物質皆可能有其反物質。我說的對嗎？米恩大師？」她揚著下巴。

米恩又說：「是的，我們這個已知宇宙，是由物質組成的。正的質子和負的電子，這是常態的、正常的。但是確實，任何基本粒子都有反粒子，任何物質都有可能有反物質。一旦正的質子與負的質子相遇，一旦正反物質相遇，雙方就會相互湮滅抵銷，發生爆炸並產生巨大的能量……」

「幾克反物質，就能毀滅一顆小行星。反物質能夠以百分之百的效率釋放能量，毀滅周遭的一切，連空氣都不復存在。在卡美拉文明的進程中，也曾有人想以反物質作為能源或毀傷武器，之所以無法實現，是因為反物質不能穩定保存，它幾乎碰到什麼就毀滅什麼……」

「親愛的老頭，你到底想說什麼？」甜甜不耐煩的打斷他的話，她想了想，有點好笑道：「你堅決要我跟那位小丫頭遠遠分開，難道是認為她是我的反物質？可笑。確實曾有學者臆想過互為反物質的個體，但至少在我們這個正態宇宙中，不可能有那麼大體積的反物質存在。如果她是反物質體，我的老天，她根本不可能活蹦亂跳到十八歲，她幾乎立刻可以爆炸整個宇宙了！」

米恩等她說完，挺直了背，緩緩道：「這位甜甜團長，我，薩迪佛倫．米恩，以卡美拉聯邦終身榮譽殿堂學者的尊榮稱號向妳保證，我可不是什麼街頭胡說八道的科學愛好者，我的話，代表了當今科學界的普遍共識，所以，請妳認真聽著——」

「那位小姐，不是妳的反物質體，她是妳的邏輯反物質。」

「嗯？」甜甜不解。

「這幾乎涉及到一種宇宙本源學說了……妳應該聽說過。」米恩大師揉揉眼睛，「宇宙，起源於一個點的爆炸，即奇點大爆炸，這個爆炸就像一個氣球被吹起來，氣球上有無數的斑紋。在宇宙爆炸、氣球膨脹的過程中，這些斑紋也在自我膨脹，每個斑紋都構成了一個已知宇宙，這個理論叫做『泡膜宇宙理論』，即『膜宇宙』。氣球上無數的斑紋，也就是『膜宇宙』，構成了整個宇宙。我們，就身處於一個泡膜之中。」

「宇宙的不斷膨脹是需要能量的，這能量就來源於爆炸——行星的爆炸、恆星的熱寂、生命之間的戰爭、宇宙中無處不在的毀滅事件。由毀滅的能量，帶來膨脹的生機。一旦失去能量，我們這個宇宙將坍縮、死寂，所以宇宙有它命定般的規律——它會盡可能的製造毀滅與爆炸。」

克里想打瞌睡了，「老頭，我建議別說了，你只要告訴我們該怎麼辦吧！我敢保證，你再這樣無止境的講解下去，老大一定會抽出她的鞭子。」

米恩不悅的皺眉，深呼吸，思索片刻，簡化道：「好吧。簡單來說，甜甜小姐。第一、邏輯體是比物質體高一維的形容方式，妳的邏輯反物質一旦與妳相接觸，當然不會毀滅我們的整個已知宇宙，但至少這個貝阿星系是別想存在了，到時候，恐怕又是一個可怕的死亡黑洞。之所以妳會有邏輯形式上的反物質，恐怕是因為妳的個體已經進化到邏輯層次了。第二……」

他停頓片刻，強調：「由於宇宙的命定規律，它的一切規律都指向爆炸、毀滅與均衡，物質是一定會遇上反物質的，而妳的邏輯反物質必然會不停的吸引著妳的靠近，不論妳跑到世界的哪個盡頭，除非妳們因為壽命終止而停下生存的腳步，不然，妳們終有一天還是會因為各種各樣的原因，互相接觸——就好像今天這樣。」

甜甜跳了起來，「什麼？！那怎麼辦？！我殺了她？」

米恩大師摸了摸額頭，道：「殺了她也不是不行，但是，邏輯反物質一旦出現，不知道會對邏輯體本身產生什麼影響。妳一百歲了，她才十八歲，也就是說，在妳八十二歲時，妳才進化並強大到了邏輯層次，因而妳的邏輯反物質才有機率出現。我想問問妳，甜甜小姐，是否近十八年來，妳的能力有什麼突變？或者驟然強大，突破得更快？」

「對對對！老大近十年來就像突然開竅了一樣！突飛猛進！一身用不完的能量！嗷！」白石跳起來搶答，被甜甜一記猛捶。

克里揉臉頰，「是啊……以前我跟她也不相上下，她確實是近年來突然就變態了……還博了一個女戰神的殺名……哦！」

甜甜又給克里一記猛捶。

米恩大師點頭，思索道：「存在既有其道理……我建議妳，不要輕易殺她。我也不知道會有什麼後果……」

「那怎麼辦？」甜甜皺眉，「殺不得，躲不過，難道要看運氣？雖然命運之神總是眷顧著我，但是我蘇卡里葉．莫爾芬達．怒薇拉．甜甜．碎石．黑骷髏卻從不依賴於祂！」她高傲的抬起下巴，「以我的突破與進化速度，我的壽命是難以估量的，這太危險了。我一定要解決她！」

一直沒出聲的莫里撐著下巴，眨眨眼笑道：「其實，不如……」

甜甜轉頭看他。

「給她一艘烈薇級最高防禦艙，把她扔進黑洞裡吧，讓她去另一個泡膜宇宙。那麼就……永不相見了。」

第八章 ✦ 接觸↓綁架↓流放

夜半時分，十字梟的梭形戰船上依然燈火通明。

一群沒事找死的團員正興奮的簇擁著團長，爭先恐後獻計獻策。

「老大，我覺得等會兒妳第一步應該先抽他一鞭子，然後再撲上去……」

「蠢貨！你一定要把這事弄得像海盜做的嗎？當然還是要先培養一下情調，如果他不識相，我們可以再拿出十字梟風格來……」

「不，我一眼就看出來那是個不懂得屈服的人，最烈的馬必須使用最鋒利的馬刺來馴服……」

「他要是沒有反應怎麼辦？大家都是男人，你實話說，對著團長你『奔跑』得起來嗎？所以老大，妳一定要學會風情！」

「團長！團長！」白石在人群外圍不斷奮力跳起來強調存在感，一腦袋紅毛在風中飛舞，「風情的女人要穿裙子！妳能穿裙子讓我們看嗎？」

塞尚猥瑣的笑，炫耀道：「我已經看到過了……很軟……」

「傻鳥，那個又不是正版團長！」

薩利卡不甘低調，也跟著白石一起在外圍跳著，「老大！老大！我幫妳按住他的腿！」

「老大！我幫妳扒他褲子！」高大熊厚的狄倫加入一起跳的行列。

「老大！老大……」

團長黑著臉，一腳踩在矮桌上，大馬金刀的跨坐著，被一群吵死人的蠢貨圍在其中。

說實話，有收集癖和霸道占有欲的團長大人根本還沒想到這種低俗事，她要操心的事還多得很，這些人自己在積極什麼？滿腦精蟲的東西！

「你們到底在興奮什麼？」一點都不甜的甜甜團長瞇起眼看一圈，道：「難道想男人了？！」

兩公尺多的熊男子狄倫舉手問：「老大，把妞搶回來了，難道不幹嗎？」

「哦！難道老大妳不行？！」塞尚醒悟的指著團長。

「你們夠了啊！老大自己就是妞，她這是害羞了。」白石善解人意的挑挑眉頭。

甜甜被這話一激，兩眼不悅的一瞪，揚起下巴，倨傲道：「可笑！我害羞？」

另一頭，控制室旁的小茶廳內，軍師莫里正饒有興致的向米恩大師求教。

「所以……」文質彬彬的莫里捏破一顆儲物膠囊，讓它釋放出自己珍藏的古版樂斐臻品茶，並遞給米恩大師一小包，問道：「您對泡膜宇宙內部的未知宇宙結構，也深有研究？」

雖然米恩大師此時是階下囚的身分，但良好的涵養與禮儀，以及對於科學的熱愛，讓他沒有拒絕回答這個「匪徒」的問題。

——即便是罪人，也有獲求真理的權利。

「是的，事實上，繼長、寬、高三維，以及時間四維之後，卡美拉的文明腳步不停向前，目前我們已經摸索到了第七維的物質形式。」

「邏輯體？」莫里端起茶杯。

「不，邏輯層次，僅僅只是第六維。」

莫里似懂非懂的點點頭，再問：「您今天說，邏輯反物質與物質之間，有著命運一般的羈絆，他們一旦出現，就注定會不停的向對方靠攏、最後接觸，對嗎？」

米恩大師聳肩，「這就是規則，在這惡意的宇宙中比比皆是。」

「那麼，他們還有什麼深層次的聯繫嗎？比如，能量？或者，感覺什麼的？」

「這個我並不深解。或許有吧，畢竟同卵雙胞胎之間在近距離時都能有腦波感應，再比如，精神共振體之間最容易產生感情，那麼，既然互為邏輯反物質，總會有這樣那樣的聯繫。以她們今天的反應來看，或許是距離接近到一定的程度時，會產生強烈感應吧。」

莫里再次似懂非懂的點頭。

米恩大師瞥一眼外面，看到那位熱衷於騷擾自己愛徒的女匪頭子，正被人推搡著向某間艙房走去，那些粗魯的孩子們群情激動、吹著口哨，似乎有什麼讓人興奮的事情將要發生。

米恩皺眉問：「他們在做什麼？」

莫里淺啜一口濃茶，瞥一眼那群以追求刺激為生的兄弟，又看一眼看似倨傲不屑、其實有點騎虎難下的團長，不在意的笑一笑道：「沒什麼……享受戰利品而已。」

米恩大師見他不說，便也不再理會那邊，低頭喝茶。他瞥一眼飛船內的循跡定向星圖，心想他們已經暴露在一個擁有完整通訊網路、環境開闊的可偵測星區這麼久了，如果斐列斯還找不過來，那他也不配當這個安全司長了！

……★……★……★……

黑魔方——

顏鈞從外面歸來，腳步沉緩，眉頭緊鎖。

全聯盟徹夜聯席討論，只討論出兩個解決辦法：

一是與十字梟海盜團友好溝通，爭取在外交和利益層面的穩定，不製造衝突——這是討饒。

二是向勒芒・德普路斯文明委員會求助——這是求援。

討饒和求援……何其恥辱。

顏鈞抬起頭，望著天上的一對月亮，年輕英俊的臉上有著未經歲月洗禮的輕狂與不滿。

他身後，陸泉手裡搭著軍裝外套，正在疲倦的揉著眼睛。

這兩天為了找梁依依，他被少爺揍得夠嗆，徹夜不眠找了兩天，好不容易梁小姐回來了，又遇上從天而降的強大海盜，晚上連續開了幾場會，就算他訓練有素、身體一直精壯健康，在這種情況下也有點受不了。

陸泉看了一眼前方的少爺，知道他心裡在想什麼。

不甘？憤懣？不服氣？

少爺在同齡人中再精明強幹，也不過才二十二歲。他從沒有參加過勒芒．德普路斯會議，沒有接觸過真正的高等文明，即便他是個博聞強記的勤奮學生，在他的眼裡，宇宙之大，實際上依然局限於貝阿行星帶與艾芙蘭的十六個星系。

陸泉與他一樣，在今日之前，他們這群人心裡一直有著難以言說的張狂與驕傲。那是屬於強者的自負。但當這自負有朝一日遇上真正的挑戰，不服輸的怒氣便油然而生。

「少爺。」陸泉微微彎腰，「去睡吧。」

顏鈞瞥了他一眼，伸手鬆開袖釦，搖頭道：「我去訓練一會兒，你休息吧。」

三樓的大臥室內——

梁依依窩在床上，看似酣睡著，臉緊緊的悶在枕頭裡。她不自覺的用力抓緊被子，額頭漸漸冒出細密的汗水。

她時不時的、斷斷續續的做夢，時而昏黑恍惚，時而感觸清晰。

她竟然夢到了卡繆上將。他高大魁梧的身體立在一間臥室內，即使在休息之所，他依然軍裝規整，嚴嚴實實、一絲不苟，如一尊供人膜拜的雕塑般凜然不可侵犯。梁依依看到他漠然的轉過頭來，兩眼像最凶殘的教導主任那樣向她掃來。

她真想跳起來逃跑……但是……但是她居然沒跑，還很勇敢的走上去捏老師的下巴……

梁依依緊緊的揪住被子，沉入夢中的小臉像她的心臟一樣，嚇得都快縮成一團了。

索性，眼前又是昏黑一片，黑甜的純睡眠再度襲來，讓梁依依安穩了幾分鐘。

但是，這個可怕的夢，它居然是斷斷續續，而且還接得上——

她在跟卡繆上將打架！好快！好疼！QAQ她梁依依居然也有這麼威猛的一天！

她把老師打得很慘……梁依依想哭了……對不起啊老師……

而且好脾氣的梁依依感覺到了此生從沒有過的暴戾怒氣，就好像絕對不能容忍別人的忤逆反抗一般……

卡繆上將的暴躁脾氣這時也一覽無餘，他的眼睛都氣紫了……啊，一般人的眼睛應該只會氣紅吧……

他扼住她的脖子，狠狠壓制她，衣服都被扯開了，露出讓梁依依很不好意思的精悍胸膛。

梁依依能看明白他眼裡絕不屈服的尊嚴和克制，她很想幫老師把衣服攏好，然後夾起尾巴逃啊！但是她卻沒有……她還很不禮貌的反身把老師壓倒，用什麼東西銬住手，然後她低下頭……

梁依依揪緊被角，心臟猛地一彈。

她此時才真正感受到抵觸與害怕，她隱約明白了自己在做什麼夢，她在做……冒犯他的夢……

不可以……不能這樣……

對不起……對不起……

我不要，我不是，我不想這樣……

絕對不可能的，我沒有這樣的想法！

我不要，對不起啊！

梁依依猶如遁入夢魘般掙扎著擺頭，眼角已經掛淚，但是無論她如何剖白自己、如何全身心抵抗，她依然不可避免的感覺到了師長的唇和身體，他惱恨壓抑的鼻息，他帶血的舌尖，還有她雙手絕對不該冒犯的地方……

不要這樣，混蛋……顏鈞！顏鈞混蛋！快來救我！

作為施暴者的梁依依內心堅貞的大吼：「放開我啊！呀啊！」

砰咚一聲，梁依依猛地從床上滾下來，她猛然睜開眼睛，大力呼吸，腦中如同針刺，心臟像跑完馬拉松衝刺一般皺縮生疼。

與此同時，陷入暴躁逆反的情緒、只想壓制對方的女戰神如遭重錘，猶如體力被抽空一般轟然暈倒。

顏鈞帶著一股不服輸的怒氣訓練到中段，卻突然產生了一股強烈的突破感——要突破了？！

他眼前一亮，腦子裡一時只閃過「可以餵梁依依」的這個念頭，頓時身上青筋浮起、血脈腫脹，但他竭力克制下來，飛速竄出訓練艙，大步向三樓臥室走去。

他打開臥室門衝進去的時候，只看到梁依依坐在地上哭成了一個淚包，被子都快被她揉成一團酸菜了。

梁依依一見到氣喘吁吁的顏鈞，立刻哆哆嗦嗦的爬起來，跑進他懷裡。

「嗚哇……我做了一個惡夢……」梁依依邊哭邊抽鼻子在他身上嗅，手條件反射的往顏鈞身上摸過去。

顏鈞還以為出了什麼事，白嚇一跳，他翻著白眼「嘖」了一聲，故作煩惱的把她抱起來，親了一口。

這蠢傢伙，拿她沒辦法，做惡夢也要撒嬌。他啞聲道：「我要突破了，妳要吃就快點，別哼唧。」突破前的症狀讓他痛苦難捱。

梁依依一邊摸著顏鈞的胸膛，毫不含糊的搓著能量丸子，一邊嗷嗷哭：「不是的……對不起……我做了那種夢……我對不起你……」

她哭著哭著，突然有點遲鈍的醒悟，頓住；她隱約意識到，這個可恥的、卑劣的夢絕對不能讓顏鈞知道，不，這肯定不是她做的夢，肯定不是……

她鴕鳥般的為自己洗腦，不願承認這種讓她無法接受的事情。

就在兩人一個不耐煩的哄、一個撕心裂肺的哭，兩人在梁依依的哭聲伴奏下親親摸摸摟摟抱抱，雙雙倒向床上之際——

臥室的落地大窗突然被打開。

顏鈞的肢體忽然感覺僵硬，就像被凝固一般。

高大的克里．烈石．黑骷髏斜靠在窗臺邊沿，單手敲了敲窗稜道：「打擾了。」說罷，他想露出一個自以為邪傲的笑容，但由於面部僵化症阻撓，他只能鬱悶的揉揉臉。

他慢慢的走進來，盯著床上的少女，抽搐著嘴角一笑，大手一伸便將驚慌的梁依依拉起來。

顏鈞震怒，兩眼通紅，他使用β能量貫通全身進行阻隔防禦，在恢復知覺的瞬間同時發動攻擊，奪回梁依依！

克里沒有料到顏鈞竟有幾把刷子，大意之下被他轟飛，砸穿了兩面牆！

初階水準就能達到這種武力境界，可以說讓人震驚！

克里咋舌之餘，無意於多做糾纏，他拿出「追蹤球閃」擲向顏鈞，就算顏鈞的速度快得像一枝無聲疾馳的銳箭，甚至快於人眼視網膜圖像暫留速度，但是追蹤球閃追蹤目標不死不休，速度再快也沒有意義。

最終，球形的閃電束網張開，將顏鈞嚴絲合縫的捆在牆上，顏鈞咆哮掙扎，卻無法撼動分毫。

他的內心焦灼狂怒。為什麼……他的爆發力比對地迫擊炮還強，他的骨密度比泰坦合鋼還要高，不論是先天還是後天，他都得天獨厚、勤奮不輟，他一直是天之驕子，可以驅馳十數個星區，可以影響一個星系……可為什麼，他連這顆該死的球都征服不了？！

克里一手摟緊了像雪白的羊羔般掙扎哭泣的梁依依，頗為惋惜的看一眼對面的男人，用經過翻譯器翻譯之後的、冷漠的金屬聲音道：「好好看看她吧……這將是你們，最後一面。」

顏鈞神色一變，怒吼：「你要幹什麼？！放開她！本少爺叫你放開她！」

克里瞥了他一眼，他那最後一眼中，包含著對下層生命生殺予奪的冷漠與戲謔，那眼中只寫著一句話，回答了顏鈞心中的咆哮——

當你不斷的叩問命運為什麼會這樣時，答案通常只有一個——

因為你，還不夠強。

克里笑了一下，向後仰倒，抱著梁依依從窗邊向下墜落，接著飛馳而去。

冷風頓時如鋼刀般削過梁依依的身體，她一直在用自己全身的力氣盡可能的掙扎、提問、勸說，但克里並不理會她，將她抱緊一點後，他眨了眨右眼，打開了他的內殖機甲。

而後，那架漂亮的機甲一飛衝上雲霄，迅速的劃過星空，闖入了熔爐般的黑色宇宙。

「你到底……要幹什麼？」許久後，梁依依終於停止了一切沒有意義的掙扎，她眨著紅腫的眼睛，問他。

克里此時的眼神還是比較溫和的，甚至帶著惡作劇玩魔方時的促狹，但他的動作則是俐落果斷，毫不容情。他將一根拇指寬的手環「卡噠」一聲套鎖在梁依依的手腕上，完成了目的地的定位設置，然後將她推出內殖機甲。

手環迅速變形為烈薇級最高防禦艙，這是可供單人宇宙旅行的最強裝備，其防禦能力可抵禦黑洞的巨力拉扯，可適應超光速的強大壓力，可跨越最遙遠的距離；但是現在，它要載著這個一無所知的少女飛進幽深未知的黑洞，去到另一個……世界。

克里倒退著，向後飛離。在宇宙幽黑的背景下，他看著那艘防禦艙逐漸遠去，看著裡面那個兩手趴在窗戶上，一直蒼白而無措的盯著他離開的少女。

她眼中的茫然和無辜彷彿在叩問、在控訴……為什麼，她做了什麼錯事嗎？

克里聳聳肩，似笑非笑的轉身，全速離開。

——小丫頭，有時候，弱小也是一種錯誤。

……★……★……★……

《瑞恩的實驗筆記》第七十六頁，夾雜在一堆凌亂複雜的實驗資料中，一段詩配畫：

——突變

——災難

像突然被炎石砸破的冰面，水池瞬間滾沸，

海盜來了，為非作歹肆無忌憚，播下禍亂的種子；

卡美拉人來了，那所謂的安全官員，鍔走了罪惡的匪徒；

但內亂與外禍已經交媾，它們生下了戰爭，

撕開寧靜假象的皇室自尋死路，蠢蠢欲動的世家露出爪牙，

從虛偽的和平到洶湧爆發的鬥爭，只需要一個衝突的瞬間，

而一個男人的成長，

也只需要，一個瞬間。

詩文的旁邊貼著一張照片——一名清秀嬌憨的少女在微笑著。

⋯⋯★⋯⋯★⋯⋯★⋯⋯

梁依依從濃黑的睡眠中醒過來。

她習慣性的閉回眼，再睡了一會兒回籠覺，而後帶著睡後的遲鈍，緩緩偏頭看了看四周。

默默的癟了癟嘴，她從柔軟寬大的床中央爬出來，趿拉上那雙絨毛拖鞋，慢慢走進洗漱間。

一個人洗漱……

一個人換衣服……

一個人照鏡子。

她用手抓了抓額前略長的瀏海，看了一會兒鏡子裡的少女。本來飽滿的小圓臉有點清瘦了，眼睛也不太明亮，雙眼中曾經來回滾動過的驚慌、迷茫、無助、哀慟、怨恨、生氣和流不完的淚水，現在都不大有了，只有比較淡定的……起床氣。

洗漱間渾然一體的潔白牆面上，這時突然彈出一個立體的虛影。

「妳在洗漱臺前毫無動作超過了五分鐘，需要指導和說明嗎？」克里的虛影笑著問。

梁依依看他一眼，默默的瞪了他一會兒，搖搖頭，出去了。

這個虛影是一個指導系統，可能是由於克里太自戀，或者惡趣味太獨特，也有可能是因為他的面部僵化症，所以他把指導系統的類比人形設置成自己，而且是面部表情特別豐富的自己，最喜歡時不時的邪魅一笑。

很討厭。

超級煩人。

梁依依最初心裡難過又怨恨的時候，還不得不與「仇人」的影像朝夕相對，光看著他邪魅一笑，夢裡都能嚇哭出來。

長得再帥也沒有用。

不過，現在梁依依已經好多了，她很早就學會了將對方的五官拆開來看，比如這一週盯著他的鼻子查詢資料，下一週盯著他的耳朵接受指導，轉移注意力，舒緩自己的情緒……這樣，就會好過很多。

這間功能俱全的智慧臥室，就是克里的那個魔方儲物間，不知道出於什麼原因，他把自己的魔方留在了防禦艙裡，還解禁開放了儲物隔間，似乎連裡面的儲物都沒收走，可能是怕她餓死了吧。

魔方裡什麼都有，有食物，儲存在一粒一粒的貯物膠囊裡，數也數不清；有衣服，那個奇怪的克里收集了許多奇怪的女僕裝、絨毛裝、學生裝、戰鬥制服、盛裝舞裙、情趣內衣等等；有指導系統，指導她使用工器具、指導她生活，甚至指導她駕駛烈薇防禦艙；也有他的書籍，可以腦內閱讀，他的藏書涉獵很豐富，星航學知識、軍事理論、武器資料、建造學、材料學等等；還有許多的β能量內核訓練方法。

一個流竄星海的海盜集團需要的知識，果然還是很多的。

要是以前，這些東西梁依依是不要看的，沒有可愛的小故事，沒有八卦的電視劇，也沒有逗趣的笑話集，大部頭的理論知識她才不喜歡看。但是現在，她願意一點一點的去學，每天學習一丁點，抱著書下飯、抱著書打瞌睡，從卡美拉的當地語言一個字一個字的學起，到能通讀一句一段，現在連複雜的科學報告她都可以看懂。

她雖然凡事喜歡簡單快樂，不大勤快於動腦子，但她其實不笨，她當然知道這些都是文明的精華薈萃。顏鈞曾說過，高等文明對低等文明有著文明的阻隔和知識的禁運，這些東西也許都是顏鈞想看卻看不到的，她唾手可得，為什麼不去看一看呢？反正除了吃飯和睡覺，她就只有時間了。

她願意勤奮一點，像顏鈞一樣勤奮；她願意讓自己有用一些，就算不能像顏鈞那麼有用，但至少不願意再被別人欺負了……唔，當然，主要是沒有別的東西可玩，但凡有其他選擇，她還是更想去翻小故事書的……

要是實在不想學大部頭書籍時，她會練一練那些β內核訓練法，卡繆老師給的教學水晶球一直掛在她脖子上，能量實體化的練習她也時不時照著比劃一下。

她現在也已經有……

梁依依伸出白嫩的手，一束幾乎無形的、只有輕微能量波動的實體化β能量束螺旋前進，顫顫巍巍的沒入一個小方盒的內部，而後小方盒眨眼間出現在她手中。她打開盒子測試了一下……噢，她現在也是初階三級的人了呢！

梁依依把小方盒放回桌上，然後將精緻可愛的餐盤和餐具拿出來，耐心的擺好，再去儲物間拿三粒膠囊，捏破，釋放出三樣食物。

她把味道枯燥的複合能量條擺在中央，假裝這個是海鮮醬嫩肉排；然後她把味道乾巴的多維營養飲劑擺在一邊，假裝這是鮮榨的美味果汁；最後她把飽腹纖維粉放在另一側，假裝這是酥嫩麵包小點心。

其實，那數不清的貯物膠囊中也有生鮮食材，但可能由於穿過黑洞，或者別的什麼原因，生鮮食材都壞掉了，一顆膠囊裡本來放著兩顆無尾絨毛雞的蛋，但當梁依依捏開膠囊的時候，她發現絨毛雞都被孵出來了，並且已經乾瘦蒼老得長了白鬍子，特別憂鬱的看著她。她只好養牠們幾天，然後默默為牠們送了終。

於是，她就只有複合食物可以吃了。

坐在餐桌前，梁依依像模像樣的擺好「大餐」，然後兩手合十對著空中拜了拜，嘴裡小聲的唸道：「那個……不知道有沒有什麼過路神仙？不管是神仙還是外星高人，隨便誰，趕緊好心的幫助我，讓我回家吧……阿門阿彌陀佛真主在上嘰哩咕嚕咕嚕嘰哩忙狗阿不儒夫（通用語）你說你說奧洛忙不（卡美拉語）顏鈞保佑（？）……」

禱告完畢，梁依依慢吞吞的吃完了早餐。

接著，她站起來在大臥室裡不緊不慢的踱著方步，超強的消化能力讓她很快就消了食，然後她動動胳膊動動腿，在屋裡跳起了梁女士家傳的健美操。

「嘿咻、嘿咻、嘿咻……」

完成了認真努力（？）的晨練後，梁依依無限重複的新的一天又開始了。在她開始一天的訓練、學習和檢查防禦艙之前，她拿出一本小本子，做一點簡單的記錄——

時間：第二年的225日的早晨或者中午或者晚上，唔，不確定，反正我剛起床。

今天的早餐，我吃了海鮮醬嫩肉排和酥甜麵包小點心……

她簡單寫了幾句，然後沉思著想了一會兒，寫下了今天的「梁依依自製小笑話」。

她是這麼想的：每天為自己想一個笑話，存起來，等過幾個月，自己都不記得自己寫的東西了，她就可以往回翻看，那不就有笑話集看了嗎？

果然是特別好的主意。

她把小本子翻到最開始，開頭的幾十頁都是皺皺巴巴的，上面的筆跡糊成了一團一團的，那個時候她到底是有多少眼淚啊？連這種特殊的生物紙都敗在她的淚水攻擊下。

梁依依真是個水做的女人……她心裡自得的想。不知道她在得意什麼。

正當她接著往後翻笑話時，耳中的防禦艙關聯鎖突然發出警報——

「注意、注意！距此0.5個天文單位處，座標X2156、Y1741、Z35位置，發現有智慧生命特徵的宜居行星，大體外觀紫藍色，重力為……」

梁依依心頭一喜，立刻跳了起來，走出魔方臥室。

她走到控制臺前，小心翼翼的操作著防禦艙，向目標地靠近。

在她兩年的浪客（？）生涯中，發現的宜居行星屈指可數，宇宙雖然大，但是能產生智慧生命、孕育文明的星域卻是分布非常稀疏的，防禦艙以這樣的極速旅行，至今為止卻只發現過兩次智慧星球，而且每一次梁依依都被人發現，被阻攔在衛星帶內，不准她進去。

她也想悄悄偷渡進去啊！或者態度強硬一點突圍進去！只要一頭扎進了行星，要找到她就很難了嘛……可是，只要對方稍微使用武力來驅趕，她就會屁滾尿流、膽小如鼠的望風而逃……T^T

每一次，她都能恍惚聽到梁女士在她耳邊罵：梁依依……妳這個蠢孩子、死廢物……

她已經非常認真的總結了上兩次「作戰經驗」，還寫了筆記貼在控制臺旁邊警醒自己。這一次，她一定要珍惜機會，不能再跑了，不然等到下一次找到落地的機會，不知道又要過多久時間。

她只期望這顆星球的文明水準不要太高，如果還不能飛向太空那就最好了……

「阿門阿彌陀佛真主在上嘰哩咕嚕咕嚕嘰哩忙狗阿不懦夫你說你說奧洛忙不顏鈞保佑！」

她非常謹慎小心的將防禦艙隱形，減速靠近那顆已經能用肉眼看得見的紫藍色星球。

控制臺邊還掛著那顆資訊球，裡面是當初克里儲存給她的一段話，雖然他作為海盜，做壞事毫無負罪感，但他還是向梁依依解釋了為什麼要把她送進黑洞。

因為她的邏輯反物質——另一位強大的相似女性。

宇宙的能量守恆、熵減和爆發規律，注定她們倆會在冥冥之中不停的靠近、因各種原因而相遇，防不勝防，所以要把她扔進另一個泡膜宇宙中，一勞永逸。

「……我們絕不屈從命運，但既然這是命運的法則，那麼，或許我們真的還能再見？雖然我覺得這幾乎絕無可能了，但我還是要禮貌的說一句……再見，也希望永不再見。」克里在資訊球中如此說著。

不，會再見的。梁依依在心中反覆的想。

即使泡膜宇宙有千千萬萬，即使她現在連個落腳的地方都還找不到，即使她還有很多東西不懂……但是，只要有空間，只要有時間，就會有路的。

如果厄運和困難這種東西一定要找上她，那——她就把它們都吃掉！（握拳）

以前的梁依依，在哪裡跌倒，就在那裡趴著，寧願睡一覺也懶得爬起來。但以後的她……

梁依依轉頭看了看克里仇人的影像，非常不高興的鼓起了臉。

以後的她，在哪裡跌倒……唔，還是在那裡趴著，但是，一定要把別人也絆倒！（虎吼）

梁依依成功的、毫無阻礙的穿過了行星大氣層，然後又謹慎的、小心的著陸在一片寬廣無人的綠茵山坡上。

「注意、注意！在探索未知星球前，請穿上防護服，並且植上表皮萬能呼吸細菌。」

梁依依遵照提示，將調配好的萬能呼吸細菌種上全身表皮。這是卡美拉科學特產，一種強大的共生菌，能將任何星球上對人類來說有毒而導致無法呼吸、含複雜物質的異星空氣吸收，並轉為適宜人體生存的空氣排出，覆蓋在人體的表皮上，供人類呼吸，保護其生存。

梁依依穿上防護服，把魔方抓在手裡，開艙走出去。烈薇防護艙瞬間變回手環套鎖在她左手手腕上。

梁依依站在綿延青翠的山坡上，感受著久違的腳踏實地的感覺，一陣風吹來，青草低頭，綠浪徐徐。她的眼眶忽然湧上來一丁點淚意，又很快的被她抿抿嘴，忍了回去。

「探測結果：重力輕微偏重，基本合適，空氣組成富氧化略含氟，建議長期植帶萬能呼吸細菌生活；其餘結果合適，可脫卸防護服。」

耳中的防護艙關聯鎖提示了探測報告，梁依依於是放心的脫下防護服。

「追加重要提示：該星體富含奎拉和雲粒子！該星體富含奎拉和雲粒子！」

梁依依驚訝的睜大眼，她禁不住深呼吸感覺了一下。

這充沛的……富足的……食物的感覺……

「嘩……」

梁依依知道富含奎拉和雲粒子的環境意味著什麼，對一般人來說，它們意味著更高等快速的進化、更長的壽命；對巡航者來說，它們意味著突飛猛進的突破；而對她來說，它們還意味著好多的被套能量，好多的……食物！o>_<o

一隻毛茸茸的球狀小動物爬上山坡，低頭吃草，牠發現了梁依依。牠耷拉著的耳朵動了動，大大的圓眼睛好奇的打量她，一邊啃草、一邊小心的靠近她，在離她十幾公尺的地方，牠突然驚疑不定的停住，接著後腿嚇得一彎坐在地上，沒多久牠顫顫巍巍的爬起來，害怕得逃跑。

梁依依眨眨眼，情緒有點激動，嘴裡則溫柔的喊道：「哎呀，你不要跑嘛，讓我吃一點點，我就吃一點點……」

她擺著兩隻小手，歡欣鼓舞的追了上去。

第九章✦兩人最遠的距離

海濱小國衛林，月坳小鎮——

豐收節前，月坳小鎮熱鬧異常。

這座鎮子以農業為主，附庸於近旁的主城區，緊挨著這個小國的中央城邦。所以，雖是小鎮，但不減繁華。

幾條大路在小鎮的中央交會，而後各自奔向小鎮的東南西北。

小鎮的中央是一個像模像樣的雕塑廣場，兩旁的建築色彩明亮、線條細膩，各色人等往來如織，廣場邊的攤販推著彩色的篷車，在大小商店的臺階空地旁邊見縫插針的擺賣水果、糧食和種子，堵著了商店門口，時不時的被人驅趕。

小鎮風情，熙熙攘攘，熱鬧非常。

鎮衛隊的衛隊長大搖大擺帶著人巡視，兩撇八字鬍子一起一伏，因生活過於愜意而腆起來的大肚子不時撞到小販的彩篷車上。

「哼，沒有規矩，沒有規矩！一片混亂！」

衛隊長嘴角下撇，非常不高興，但是他今天沒有整治這些小販，因為他早就盯上了一個目標，趁著這天朗氣清的好時候，他決定狠狠檢查一下目標商店，並處以「合理」的罰金。

衛隊長直接走向廣場的西北角，那裡有一群衣衫樸拙的鎮民，分兩列排著隊，手裡提著布袋，不停的探頭探腦往前瞄。長長的隊伍歪歪扭扭的「爬」進一家收購店，店門口的木牌上用奇特的彩色筆寫著店名——「大自然收購店」。

「媽媽……」一個白嫩漂亮的小女孩拉著媽媽的手，搖一搖，仰頭問她的母親：「媽媽，快到我們了嗎？」

「快了、快了。」母親探頭朝前望。

隊伍最前方是一名高個小夥子，他把毛了邊的粗布衣袖子捲到手臂上，將一布袋東西交給收購店的店員。

捲髮的男店員站在高高的隔板內側，他打開布袋，從裡面抓出一把深紫色的黏土，對著光晃了晃，滿意的發現了其毫無色彩變化、完全吸光的特點，然後將布袋中的黏土倒進一個方盒，等待幾秒，看一眼方盒顯示的資料，而後點點頭，收了黏土，數了十枚銅幣出來。

高個小夥子咧嘴一笑，接過銅幣在手裡拋了拋，轉身走了。他是不明白這些人為什麼要買這些東西——黏土、石頭、植物根鬚、埋在土裡的種子……只要是天然的帶著麗特紫色和雅萊藍色的，什麼奇怪的東西都要。但是有人願意花錢買這個，難道不是件好事嗎？只可惜這樣的東西並不太多，要花上一整天漫山遍野的翻找才能屯上這麼一袋。

衛隊長挺著肚子站在路邊，皺著一對焦黃色的眉毛盯著那名小夥子離開，眼睛一直看著他手中拋來顛去的銅幣，然後他翹起八字鬍，轉頭掃視這家莫名其妙的「大自然收購店」。

這店的前部分是狹窄的門面，後面一定是倉庫，店門口貼著收購明細和價目表，一個捲毛黑髮的男店員站在隔板後面收購——啊，這是劣種的麥洛里人種。另外，還有兩個高大的棕皮雜種男正在從前方往後方搬運東西。

旁邊，一名紅髮女人正在指手畫腳——這個一定是老闆或者負責人。唔，牆角還有一名不起眼的黑髮女幫傭，正在埋頭專心吃午餐……

衛隊長觀察完畢，帶著他的肚子一步三抖的走來，鎮衛隊亦步亦趨的跟在他後面。

他揚起手道：「停下！鎮衛隊要進行例行檢查！我懷疑這家店在進行巫術和邪惡交易，威脅到了王國安全！散開！統統停止！」

衛隊長這麼一喊，鎮民們立刻停了下來，有點害怕，但又很不甘心的站在原地圍著看。

店裡的紅髮女性風風火火的走出來，後面跟著那兩名棕色皮膚的高壯男人。

女人大步走到衛隊長面前，挺起高聳的胸脯，氣勢很強，咧開大嘴，噴著口水，說一句便往前頂一步，「你胡說什麼?憑什麼這麼誣陷我們!我們可是有正規販號牌的!每個月都向中央教會上繳庇佑稅!你有什麼理由汙衊我們犯邪惡罪?!」

一個感嘆號噴一臉唾沫，衛隊長抹了一把臉，不知道是應該先呵斥她還是應該抓緊時間「審查」她的胸，他瞇起眼「批判性」的盯著這女人的胸器，陷入了「深深的」沉思……片刻後，他狂傲不屑的把肚子一挺——了不起啊，她能挺，他也能挺！

「什麼胡說?!我是本鎮的鎮衛隊隊長!妳就是這家商店的老闆?」

衛隊長的鬍子不屑的一翹，正準備對她施以深刻的懲戒和教化，就聽到女人迅速的回答。

「我不是！」

「啊？妳不是？妳不是，那誰是？」衛隊長疑惑。

牆角處，那名一直勤勤懇懇吃東西的「女幫傭」擦擦嘴站了起來，不捨的放下飯盒，捏著裙子走出來，舉手說：「我是……」

衛隊長和鎮衛隊隊員們一齊低頭，圍觀她。

梁依依揚起頭，露出禮貌的一笑，「您好。」

半個小時後，蹲在路邊留戀不捨的鎮民們興奮的站了起來，他們看到鎮衛隊隊員們暈乎乎的從收購店裡出來，衛隊長手裡拿著一小袋錢，皺眉皺臉的走了。

鎮民們立刻圍攏來，原樣排好隊，繼續等待收購。

收購店內，大嘴蘿拉氣得咬牙，「這群……這群吸血的老爺！搶劫犯！寄生蟲！這是詐詐！靈魂賣給惡魔的東西！BLABLABLA……」

梁依依喝了一口水，緩解嘴巴的乾渴，她已經比較習慣應付這樣的人物了，他們時不時的就要換著花樣來一趟，危言聳聽，訛她一點錢。

由於這個國家還處於農業社會，封建帝制統治疆土，神聖教的中央教廷統治精神，如果被教會打成女巫或者犯下邪惡罪，後果是非常嚴重的，不僅她低調收集資源的想法實現不了，還有可能被瘋狂的教民們拖入危險之中。

為了打發這幾個鎮衛隊隊員，梁依依耐心又小心的向他們解釋了這家「大自然收購店」的和諧、無害與有愛，並且特別深情的為他們背誦了長達三頁的《讚神聖之天愛詩篇》，中間遺忘了一段，又非常害羞的倒回去重背了一次，在衛隊長即將睡著的時候，她虔誠的交握著小手，用顫抖的高音為他唱起了走調的《樂愛讚歌》，直到一個高亢的破音刺痛了衛隊長的耳膜，讓他打了一個渾身滾肉的哆嗦，她才乖巧的向衛隊長老爺行了一個屈膝禮，然後捧出了很小的一袋錢。

衛隊長老爺此時已經顧不得嫌錢少了，他捏著錢袋，皺眉皺臉，帶著一群人爭先恐後的走了。

梁依依一直把他們送到門外，甜甜的揮舞著小手，「歡迎有空再來～～」

她知道，衛隊長老爺應該不願意再來了。

在與這一類人的鬥爭中，處於弱勢階層的梁依依總結出了許多的經驗教訓：不能力敵，只能用她有限的小智慧智取。她本來是個不喜歡撒謊的人，但是為了練習拍馬屁，她還是說了不少違心的話，但在這樣的阿諛奉承中，她還是盡量保持著她的良心。

比如，衛隊長的肚子大，她會豎大拇指誇讚道：「衛隊長您真是有肚量！」教廷來收稅的綠衣行走總是吃得滿臉油光，她也豎大拇指誇讚道：「行走大人您真是『榮光』滿面！」

實際上，她在這顆星球已經停留半年多了，她也沒想到自己會待這麼久。

最初，她只想盡可能大量收集新鮮食物，比如蔬果、禽肉類動物、真正的糧食……她真的受不了那些複合能量條了。當她再度起航、探索回家之路時，她希望儲物間裡滿滿的都是新鮮食材，那樣的話，她就做夢都能笑出來了。

可是當她真正踏上一片土地、深入一個社會時，她發現，收集也並非是那麼容易的事。

她只有一個人、一雙手，連個幫忙的機器人都沒有，即使可用的食材資源就擺在她手邊，供她日夜不休的收集，她也很難收完一、兩年的旅行所需。更何況，東西不是一想就有的，她要去發現、去採摘、去挑選、去收購，她要深入人居社會。

進入了有人的社會後，麻煩就更多了。

冷兵器時代很不安全，隨處有劫匪，時不時有戰爭，她身上沒有強大的隨身武器，只有一個防禦力超強的太空防禦艙，她總不能開著防禦艙去逛農貿集市呀！

還好她本來就是膽小的人，透過一段時間小心翼翼的觀察，她發現自己不能表現得很特別，絕不能當眾使用β能力，更不能將身上的高科技拿出來炫耀使用，那會被一擁而上的難民哄搶踩踏而死，或者被瘋狂的教民們當女巫燒死。另外，她還需要錢買東西。

賺錢，她就更不擅長了。

這顆星球上的大部分國家都處於制約非常嚴厲的封建、奴隸階級社會，一個孤立無援的、嘴巴並不靈巧的女孩子，想要不動聲色的賺許多錢是很困難的。

她最大的問題：一沒有武器，二沒有工具，三沒有人幫忙。

她在另一個國家幹過一些蠢事，如今的她雖然不是全知全能的博學者，不過該怎樣分辨稀有金屬、如何淬鍊高硬度鋼鐵，她還是知道的；但是，鼓起勇氣向權貴們推銷知識，指導他們製造鋼刀的後果，就是讓自己陷入權力鬥爭，險些無法脫身，被坑騙、被陷害、被關押……差點被搶走魔方和防禦艙手環，幾乎送命！

如果她不是身負β能力的「獵食者」，如果她沒有在最後關頭明白善良也並不是毫無原則，那麼……她真的差點送命！

原來人心與社會，是比高深的科學更艱難的一本書。

這一本書，梁依依學得還不太好，這真是沉痛的一課……T_T

逃到另一個國家後，膽小惜命的梁依依只敢小心翼翼的向貴婦人兜售克里的漂亮衣服，再絞盡腦汁做一點餐飲生意。

因為害怕重蹈覆轍，她遠離大城市、避開中央城邦，在這個資源豐富、環境優美的月坳小鎮停駐，救助了需要幫助的人，也收穫了可以交換秘密的朋友——紅髮大嘴姐姐蘿拉，捲毛小夥計塞提斯，雙胞胎棕人多林和邇林。

有了朋友，有了他人的幫助，之後的事情就順利許多。

梁依依透過經驗教訓，明白了幾個道理：貪婪者有貪婪者的行走之路，憨厚者有憨厚者的生存之道，她用自己踏實謹慎的、不那麼靈慧的辦法，一樣可以一點一點實現自己的想法，不一定要走特殊捷徑；另外，群居動物梁依依，是絕對不能缺少朋友滴！

「啊！真是氣死我了！」年近三十多的蘿拉還在喋喋不休的抱怨，歲月的風霜沒有在她臉上留下明顯的痕跡。

在這顆星球上，人們普遍都不那麼容易衰老。在這樣一個落後的社會文明，人民的平均壽命就已經達到七十多歲，不用說，這是由於富含奎拉和雲粒子的得天獨厚的環境優勢。

這就是梁依依第二個想收集的東西了。她的計畫是這樣的，她在一顆行星停留一段時間，收集了資源後，再去尋找黑洞，嘗試穿過。

梁依依的運氣一直是很好的，從小到大都是能隨地撿到錢的小朋友，就算成績不太好，但是靠運氣考試的時候一向有「百考不趴兩一一」的外號，她只要奮勇向前的穿、津津有味的穿、滿載而歸的穿、大包小包的穿、千百次的穿，持之以恆把各大黑洞穿成篩子，一定能找到回家的路！

唔，雖然她不愛把事情往壞處想，但她聰明穩重（？）的腦袋瓜也是有考慮的，如果這樣的過程……實在漫長，那麼她需要為防禦艙準備能源，也需要為自己延長壽命、強化能力。

所以她想收集這些神奇的物質。在貝阿星系，奎拉是傳說中的物質，可以激發巡航者的能力，是讓顏鈞這種上層人搶破頭的東西，但在這裡……滿山遍野的哦！她決定把它們帶回去炫耀，讓顏鈞這個鄉下人開一開眼界，這是必須的。

奎拉和雲粒子都是離散物質，廣袤稀疏的分布於這顆星球的海洋、土地和空氣之中，含奎拉的物質會帶著特殊的顏色，而且高聚能，完全吸光，不會反光或折射能量。梁依依收購這些含有奎拉的自然物，然後進行凝煉，就會聚成漂亮的一小顆。

棕人兄弟已經受不了蘿拉囉嗦的大嘴了，各自去後面倉庫搬東西，蘿拉氣不平的扠著腰站了一會，看了一眼「老闆」梁依依。

她正在興致勃勃的摸那隻對她翻白眼的毛球動物，來回的摸、滾來滾去的摸，嘴角帶著微笑，完全不生氣。

蘿拉嘆了一口氣，對這個傻妞很感慨。來來往往這麼多人欺負他們，但她總是自得其樂，像顆橡皮球，看上去軟，但是踩不爛，還有點小智慧，更有怎麼都不發火的好脾氣，好像不把那些老爺們看在眼裡似的。

……可不是嘛！外星人梁依依正是站在一個智商的制高點上，敞開心胸藐視著他們──喵，你們這些愚蠢的奎拉星人！

……★……★……★……

無垠的幽深天際，黑暗的宇宙星海。

有人說過：「有兩種東西，我們越是經常執著的思考它們，心中越是充滿有增無減的讚嘆與敬畏──那就是我們頭上的燦爛星空，和我們心中的道德法則。」

仰望它們，最易迷失的是寬度與廣度；探索它們，最易失去的是時間，與心。

無盡天幕之上，光芒突然乍現，在分不清方向的黑暗之中，濃郁的光亮逐漸浮起。一息之間，閃耀的白熾光芒盛放，刺痛人眼，一群龐大如山海的星艦群從光芒中躍遷而來，它們突然壓在這片星群外，靜默龐大得如同一個王國，神秘窒息得如同熔爐宇宙。

美妙縹緲的歌聲忽然從星際傳來，歌姬美麗的容顏投影在行星頂部的天幕。

天籟悠揚，深情讚頌。

她打開雙手，仰望著天上遠道而來的星艦群，歌聲曼妙如訴，如同迎接她無冕的帝王。

——光芒萬丈，迎你來歸！

艾芙蘭大星群，十六個星系，二十四顆行星，三十幾年來最為盛大驚人的天宇儀式，只為迎接那一位的回歸。

三十五年前，一場亂戰敗走，家族被打入塵埃；五年後，命運的齒輪彷彿終於在他身上碾壓完畢，無限流浪，孤狼崛起；十年後，他成為勒芒·德普路斯文明會議唯一的自由座上客。二十年間他如同瘋狗一般，暴戾的扼殺這世間一切敢逆其鋒芒者，已知宇宙的文明會議頂端懸掛著他的一票否決權。

他性格冷僻，嗜好奇怪，喜愛追逐某個海盜團，緊緊跟隨，時而碾壓折磨，時而什麼都不做。

他行為乖張，舉動狂放，喜歡穿梭黑洞，在泡膜宇宙間鋪架列序穿梭通道，折騰了十幾年，最終只為自己贏得了一個「大友誼客」的稱號。

他將全貝阿人拎到了富奎拉地區，從此一個族群的命運改寫，進化的腳步輕鬆愉快，壽命的延長引人稱羨。

因而，不論他身後背著多少爭議、罵名與血汗，他都是整個艾芙蘭最為尊貴偉大的客人——不，他是歸來的遊子，他值得最盛大、最崇高的一切……

電視螢幕前，無數妙齡少女與懷夢男孩緊緊揪著自己的心，仰望著那片黑沉星艦，彷彿看到了夢裡的王座和不墜的傳奇。

星艦中央，德爾勘拉堡壘的中心殿堂外，有一名略顯冒失的侍從官剛走到門邊，似乎想喚醒裡面的那一位。

殿堂一角，陸泉參將抬起眼皮掃了他一眼，無聲警告。

冒失的侍從官立刻收住腳步，低下頭，屏息等著。

許久之後，那位英俊的將軍才動了動手指……緩緩睜開眼睛。

那一位駕臨艾芙蘭、落地於惠譽行星，盛大的慶典因此連開了半個月，整個艾芙蘭星群都非常自high。有那一位在，人們閒聊買菜的時候都有些與有榮焉的驕傲感，即便那人連這些老百姓誰是誰都不知道。

半個月後，回歸故里的形式似乎已經走足了，艾芙蘭大小星系政府也攢夠了面子，非常滿足。這一次，力邀顏將軍回歸探訪的請願非常成功。而那位顏將軍彷彿終於失去了耐性，沒有留戀和盤桓，於五天前離開地面回到了天空中的德堡，毫不負責的留下陸泉等人與當地政府虛與委蛇，完成他該完成的應酬、接收他該接收的禮物……

惠譽行星的第一政府內，陸泉正表情淡然的看著禮單，一目十行，不知所云，看完了事。林棟、白恩等這些喪盡天良、毫無良知的叫做「兄弟」的東西們已經有樣學樣，腳底抹油跟著將軍回了德堡，留下他承受唾沫與謊言的糾纏，只有他身邊少不更事的侍從官，還懷揣著為將軍肝腦塗地的熱血夢想，兢兢業業的幫他清點實物。

陸泉隨手收了禮單，對前方流光溢彩的禮物視而不見，只放眼一掃，看向另一群「禮物」。

那是艾芙蘭的權望人士送來的「追隨者」——將天資優秀、身分重要的年輕人送到值得支持與追隨之人的身邊，表示結交與支援，送少男是希望得到將軍的指導與栽培，送少女……意思不言而喻。他們每到一處地方，幾乎都要接受這樣的「星際慣例」。

這樣的星際慣例，由勒芒的時代開始。

兩億年前的勒芒是真正的宇宙鴻儒，本宇宙的通用語就是由他整合推廣的，他傳播知識、尊重自然、推廣文明與和平，以無可匹敵的軍事實力為籌碼，猶如一艘不停向前碾壓的破冰船，強勢打破了本宇宙的溝通壁壘，制定了文明公約，開創了勒芒．德普路斯文明會議的雛形。

讓鴻蒙宇宙變得可以溝通交流——這是偉大的貢獻，可以說是思想上的開疆拓土、精神上的列土封王，是足以載入史冊的文明功勳。

相比起來，他們這位將軍的境界完全沒法與那個人比肩；但是，無論是否出自將軍的本意，他也在實際上開啟了另一個時代。

他以狂人般的姿態，不計代價、不可思議的在許多泡膜宇宙之間鋪架了序列穿梭通道，儘管他那執著簡單的本意跟開拓宇宙、溝通文明完全沾不上邊，但他確實以他那鍥而不捨得近乎扭曲的精神，完成了這樣的事情。

「大友誼客」這個稱號，就是另一宇宙對他的稱頌與讚嘆。

自此之後，他的精神地位隱隱有與勒芒比肩的趨勢，已經有人將他稱為「勒芒第二」，儘管他不喜歡這個稱號。

陸泉嘆了一口氣，瞄一眼那群「禮物」——蹁躚少女居多，興奮熱血的少男很少。他揚起手，將一名侍從官召過來。

「參將。」侍從官敬禮。

「不用清點實物了，你領他們上船，男的交給德倫．薩迪斯，女的交給薛夫人，一如既往。」

「是！」年輕的侍從官接受了命令。

不遠處，一名穿著漂亮白蓬裙的少女噘著嘴，慢慢靠過來。她走到陸泉身邊，看著那些靚麗少女被逐一帶走，而後試探性的碰了碰陸泉的袖子。

「陸……」少女有點扭捏。

陸泉看她，微笑，「艾爾薇。」他注視著這個神韻、動作和小習慣都與梁依依很相似的女孩，以眼神鼓勵她說話。

艾爾薇，是某小行星理事官的女兒，她來自非常遙遠的星域，在將軍短暫停留之時，被父親送來追隨他，已經有四年了。在前赴後繼的追隨者中，她很受眾多軍官的青睞，大家對她的態度都很和藹友善。除了薛夫人，人人都在鼓勵她接近將軍，彷彿真誠的期待她能讓將軍開心起來。

她也是這麼想的，希望自己能夠讓他的心溫暖起來……

但是，在看到這些比她更漂亮、更驕傲的女孩時，她總是會感到驚慌和擔憂，彷彿內心中屬於她的將軍，可能會被別人奪走。

所以她有些著急的說：「陸，我也想回德堡了……」

「好的，讓侍從官送妳回去？」陸泉的聲音一如既往的溫和。

「不，我可以自己回去。」艾爾薇行過禮，看上去準備要走了，但又有些猶豫的說：「陸……我感覺，將軍最近，似乎很不開心。」

哦？陸泉有些詫異的揚眉，她已經能從將軍那面無表情的臉上看出「不開心的死人臉」和「開心的死人臉」之間的差別了？

他微妙的一笑，道：「所以呢？怎麼了？」

艾爾薇不好意思明說她想去看望或者陪伴將軍，但她笑了笑，拐著彎道：「對了，陸，你不是有一份報告要給將軍看嗎？我為你帶過去吧？」她知道陸泉一定會明白她害羞的意圖，並且全力支持她的。

陸泉果然沒說什麼，他拿出一張晶片遞給艾爾薇，「那麼，謝謝妳了。」

艾爾薇接過晶片一捏，發現並沒有加密，她不經意的用腦內一掃，發現又是十字梟海盜團的情報。她疑惑的擰眉，問：「為什麼將軍總是要追蹤他們呢……」她聲音小得近乎自言自語，因為她知道陸泉不會回答，他從不回答類似的問題，所以她並沒有期望得到答覆。

果然，陸泉微笑道：「這是他的奇怪癖好……就如同，貓對老鼠的執著。」

艾爾薇點點頭，捏著晶片輕快的走了。

陸泉目送她離開，心裡苦笑。

為什麼要追蹤……

那原因，實在複雜。

有這麼一個說法，在宇宙的鐵律之下，邏輯反物質之間終究會以千萬種方式、因緣際會的相遇……那個一根筋的、執拗的、永不知回頭的將軍，曾有很多年的時間非常任性，他一直追蹤折騰著海盜團，死死的跟著甜甜．黑骷髏，他那點不說出口的目的誰都看得穿——跟著她，或許就能遇到梁依依！

……★……★……★……

德爾勘拉堡壘——

星辰殿堂的書房外，羅奇銘與瑞恩正蹲在室內魚池邊釣魚。

魚池裡的觀賞魚隔不久的時間就要換，原因就在於這兩人的奇怪癖好。

艾爾薇腳步輕快的走近，看到羅奇銘和瑞恩，她雀躍的靠近行禮，「羅上將、薩迪斯中將，你們好。」

羅奇銘盯著她，溫和的一笑。

瑞恩倒是只歪了一下頭，意思意思點點腦袋。

「我為將軍送一份報告。」她有些欲蓋彌彰的解釋了一下，但是一想到他們很喜歡她，也支持她陪伴將軍，她又不怎麼害羞了。她轉身，輕手輕腳的走進書房。

羅奇銘盯著書房重重闔上的門扉良久，嘆氣。

「我從小就知道他對這方面有多不開竅，十五歲的時候我還跟林棟打過賭，他一定會跟閃電結婚，但我沒想到，他也能這麼熱烈瘋狂的開啟一次感情世界，而且最讓我想不通的是，他這樣的竅居然只開一次……嘖，這什麼感情之門，竟然是一次性的……」羅奇銘鬱悶道。

瑞恩搖頭，放下魚竿，帶著詠嘆調道：「不～你不明白，這跟開不開竅沒關係……真愛的心，是永遠不懂得轉彎的……」他拿出他的傳家之寶「實驗筆記」，輕輕打開一頁，珍重的翻到裡面夾著的一張照片，深情凝視，那是一隻漂亮的……母猴子。

羅奇銘翻個白眼，「……你夠了。」他站起來轉身就走。

一個、兩個都這麼奇怪，這隻母猴子，簡直能引發兄弟們的惡夢！

羅奇銘捏著眉心，內心奔騰著臥槽之氣，只覺得往事不堪回首。

那時候貝阿皇室趁著十字梟之亂挑撥離間，想借海盜的手削弱軍閥勢力，結果引發戰爭，老將軍中了埋伏，當時的少爺情緒非常不穩，甚至任性妄為，導致顏氏最終被打落塵埃，流離失所。

那年所吃的苦頭，這一生，他們都難以忘記。

瑞恩曾安慰過大家「命運帶給我們的損失，終將由命運來償還」，居然被他言中。

流浪和被驅趕也不見得是壞事，不幸進入星際迷障也是塞翁失馬，他們發現了剎佘利文明遺跡——或許是他們迄今為止接觸過的最高文明——應該發源自德普路斯人，他們曾掀起了本宇宙的第二個文明浪潮，也是勒芒．德普路斯會議中所紀念的德普路斯族群。

那片遺跡是如此的神秘與引人咋舌。

或許德普路斯人早已經到了更高的維度？或者因為什麼原因失蹤，滅族了？沒人知道。那裡沒有人煙，荒草瀰漫，環境優越，蘊含著無窮無盡的文明瑰寶和逆天武器，充斥著奎拉、重彩暗晶和雲粒子，等待著他們，收容了他們……也成就了他們。

但唯一的最大問題是——沒有女人！

顏氏流離失所之際帶上的唯一女人居然只有白恩的女人和梁依依的老媽！

三顆螺旋行星上居然只有母猴子、母蛇章、母海龜和母、母、母、母、母……各種母啊！

他們使用了八年的手指啊！

幾乎與手指產生了愛情啊！

瑞恩甚至愛上了一隻母猴子啊！

還是真愛啊！母猴子壽終正寢後，他還為牠守候著真心啊！時不時寫詩唸給大家聽啊！

「哦……愛情，豈是你們能明白的。」瑞恩撫摸著照片，又開始嘆息。

羅奇銘終於飛奔離開。

「……」林棟不知道從哪裡走了過來，極其厭惡的盯著瑞恩的母猴照片，刻薄道：「獨守空閨的老男人，欲求不滿寂寞心，這一切都促成了你的扭曲、執著和變態，就像躺在路邊沉浸於過去、自憐自艾拒絕愛的石頭一般。」

瑞恩啪的一聲合上他的實驗筆記，不快的看一眼林棟，道：「我知道你是在說將軍。」

林棟：「……」好像也說得通。

書房內，艾爾薇站在門邊，痴迷的看著沉睡的將軍。

她知道，她一直都知道他有多英俊、多迷人，上天彷彿把所有最美好的東西都給了他。他是高傲而完美、幸福而輝煌的……她真希望能更早的與他相遇，陪伴在他身邊……伴他成長、伴他旅行，見證他威風凜凜的一切。

他比她年長，但那張臉看上去是如此的俊逸，時間都不忍在上面雕刻；他坐在書桌邊小憩的樣子，居然像個故作老成的大男孩……她的大男孩。

艾爾薇有些甜蜜自得，她知道她是特別的。將軍對女性很不耐煩，但只有她……他願意見她。追隨者的意義並不僅僅是結交的精神象徵，他們很大程度上也代表著各自的利益族群，支持著將軍。艾爾薇的身分其實很低，一顆小行星理事官的女兒，算什麼呢？但是將軍不在乎。他一定是不在乎的。

艾爾薇輕輕的走近他。

顏鈞的睫毛微微顫動。他當然知道有人走近，他也知道是誰，但他遲遲捨不得睜開眼睛，捨不得從徘徊不去的夢裡醒來……在他睜眼的瞬間，他彷彿再次聽到了記憶的回音……

他在皇宮裡抱著她罵：「蠢貨！以本少爺的能力，妳躲到哪裡我找不到妳！」

梁依依揚起喝醉的笑臉，嬌憨的往他懷裡一撲，「那我躲到你心裡……」

顏鈞紅了眼眶。

他睜開眼睛。

艾爾薇忽然停下腳步，驚愕。將軍的眼圈……

「什麼事……」

顏鈞低沉迷人的嗓音將她的注意力拉回，他嚴峻的臉一如既往的威嚴硬朗，哪有什麼紅眼眶。

艾爾薇鬆了一口氣。她將晶片遞給他，「將軍，這是陸參將讓我帶給你的。」她有些期待的對他笑。

顏鈞接過晶片，隨手一摸。

艾爾薇將手背在身後，扭身道：「沒有設置密碼，所以我就摸到內容了……將軍，你不會責罰我吧？」

顏鈞沒出聲，這是懶得管的意思。

艾爾薇笑了，她就知道，將軍對她是縱容的。

「裡面說，十字梟海盜團與達西上將在紡錘星域發生了遭遇戰，破壞了正在修建的列序穿梭通道，達西上將的部隊被捲進了另一宇宙……」艾爾薇彷彿邀功般的為他簡要口述內容，「達西上將已經從另一宇宙脫身回來了，他報告，他在那邊發現了幾個富奎拉星球，勒芒文明委員會要求一同監督勘測……」

顏鈞將晶片隨手扔在書桌上，達西．西蒙的報告早就加密送到了他的案頭，這晶片裡的情報他早就知道了。

艾爾薇見將軍沒有什麼回應，有一點心慌，她對將軍一直是敬畏和害怕的，每當他沉默不語的時候，她就不知道該說什麼好。

她再走近一些，深吸一口氣道：「將軍……你會去那個泡膜宇宙監督勘測吧？可以……可以帶我去嗎？」她努力裝出只是想去見識見識的模樣，實際上，她只是想盡可能的跟他在一起。

顏鈞瞥了她一眼，盯著她眼巴巴的渴求表情看了片刻，無可無不可的點頭。

第十章✦從天而降的是……

飛往目的地區域的飛船上，勒芒文明委員會的上層樞機委員正在開會。

這次發現的三顆富奎拉星球，距離較近，都有著相同的特點——均為零始文明，還沒有開啟宇宙視野，並且都位於渦流磁場的中央，很難被發現。如果不是達西．西蒙在打海盜的時候無意間被捲進去，那麼它們一定都能平穩隱蔽的繼續發展，在千萬年之後，成長為超級文明。

可是，大自然正是由概率論主宰的，既然這些「絕色美人」在手無縛雞之力的時候被虎狼之輩發現了，那麼，就只能接受命運的安排了。

上層樞機委員們爭論的主要問題是，應該以何種方式對待這三顆星球——是直接殖民？還是派駐代表聯合開發？是由勒芒委員會的上層委員共同決策，還是由誰來主導？對於當地土著是允許駐留，還是驅逐、搬遷？

吵了半天也沒有吵出什麼結果，最終委員們不約而同看向顏鈞。

顏鈞撐著額頭，眼皮都未抬，「先著陸勘探吧。」

會議室的門外，艾爾薇不遠不近的站著，兩眼痴痴的看著顏鈞。

百公尺外，飛船的立體舷窗邊，薛麗景正手裡握著一杯果汁，惡狠狠的盯著她的背影，一口口緊張的喝飲料，猶如嚴防老鷹的母雞一般，表情鄭重嚴肅，有一股任重而道遠的英雄氣。

白恩從她身後走來，鬆了鬆領口，探頭探腦的看一眼她手裡快被捏得變形的杯子，道：「奶個腿，老婆，妳不是幫我倒飲料嗎？怎麼妳全喝了？」

薛麗景一聽他講髒話就冒火，伸手揪他耳朵，「尼瑪，又說髒話！不樹好榜樣！你兒子就是跟你學的！」

「啊啊啊叼！我錯了，我忘了！」白恩求饒的豎起手。

薛麗景恨恨道：「滾你個蛋球！」

附近，幾名勒芒委員會的官員看一眼這對同樣滿口「豪放字眼」的夫妻，默默的離遠了點。

白恩笑一笑，討好的把頭擱在老婆肩上，順著她的目光往前看，看到了那朵潔白無瑕的艾爾薇花。他不以為然的撇嘴，「妳老盯著這些女人幹什麼，其實妳這麼死死的攔著有什麼意義？不能讓將軍擼一輩子吧……妳管得了今天，管不了明天，這男男女女要交往，也總有分分合合，妳這又何必呢……啊啊啊！」

他話還沒說完，又被薛麗景的二指鉗教訓了。

薛麗景憤懣不甘的鬆開了他的耳朵，眼眶又有些發熱。沉默片刻後，她伸手為白恩揉了揉耳朵，道：「你不明白……」

在刹佘利遺跡星球上的八年裡，她徹底認識了這群人。她自問自己是個比梁依依更世故、更明事理的人，但是當他們重新回到光明和榮譽之下時，面對這些前赴後繼、五彩斑斕的女人，她還是忍不住將對依依的牽掛、想念、同情和抱不平，化作越來越深的痛恨、對比和忌憚，施加在這些女人身上。

她真的忿忿不平。

沒有這個道理！梁依依還沒找到下落，不知道還在這世上的哪個角落受苦，就讓負有責任的顏鈞逍遙痛快？甚至千方百計想讓他放開懷抱忘記她？沒有這個道理！夜旗軍這些男人們都不是好東西！就算做下屬也沒有這麼偏心的！

反正，作為管理僕役和內務的負責人之一，只要有她在，這些女人永遠別想晃到顏鈞的床邊！

雖然……

薛麗景看了一眼會議室的方向。

雖然這個感情缺失的中年兒童，根本不需要她攔，但是她滿腔的不平和計較，總得有個地方發洩！不然，遲早要被這群時刻想為顏將軍介紹對象的男人們氣死！

白恩摸了摸鼻子，感覺到老婆騰騰的正義之火，只好放棄立場道：「好好好……算妳說得對。」然後他果斷的開溜了。

不遠處，陸泉一直沉默的眺望著舷窗之外，他心頭有些不快的看一眼薛麗景，歲月已經將這個女人由精明囉嗦的少女變成了圓潤風韻的婦人，但是她的潑辣脾氣卻與日漸長，對梁依依這件事也越來越鑽牛角尖，甚至比梁伯母更計較，全軍上下沒有人敢在這件事上當面跟她對槓。

但是……

陸泉心裡也為將軍嘆了一口氣。

三十多年了，即便找到了她……真的有女人那麼傻，還在原地堅持嗎？

也許某天找到的，只是一個落地生根，與薛麗景一樣生兒育女的梁依依。

……★……★……★……

海濱小國衛林，月坳小鎮——

「嘿咻嘿咻嘿咻……」

「蒼茫的宇宙……是我的愛……」

「綿綿的飛船下面花正開……」

梁依依嘴裡斷斷續續哼著背景歌，伸伸胳膊伸伸腿，帶領兩名棕人兄弟在倉庫裡練廣場舞，每天早上鍛鍊鍛鍊，堅持著訓練和學習。

捲髮的塞提斯和大嘴蘿拉對她的廣場舞非常不喜歡，總覺得妖異奇怪，敬而遠之，只有憨厚笨重的棕人兄弟跟梁依依氣場相符，蠢味相投，三個憨貨每天扎扎實實的鍛鍊，豆丁梁依依在前面蹦，兩個高大的熊孩子在後面跳。

塞提斯從倉庫後門走進來，手裡提著菜框，滿頭捲毛都是亂的，他的表情顯得驚疑不定。

他拿著菜框在門邊站了一會兒，忍不住朝倉庫裡的梁依依走去，道：「娘，外面發生了奇怪的事。」

梁依依的動作僵了一下，癟癟嘴，特別無奈的對塞提斯說：「塞提斯，那個字是唸『梁』，不是『娘』。」

塞提斯聳肩，不在意這個，道：「好吧，娘。很奇怪，鎮民們都在瘋狂的朝落水山坡跑，據說那裡有神蹟。」

梁依依咿咿嗚嗚的小聲強調：「是梁……」

「娘，我們要不要去看一看？」塞提斯再接再厲。

梁依依默默的捂住臉，道：「不要了……神聖教時不時會製造神蹟，那種膜拜場合又擠又危險，別去了。」

塞提斯和多林、邇林兩兄弟都是虔誠的神聖教徒，雖然三人聽過梁依依的「傳教」，接觸了一門叫「科學」的教派，但是他們內心還是信奉著天愛聖人。

此時一聽有神蹟，棕人兄弟將兩手交疊，捧在胸前祝禱，而後就想去瞧神蹟，梁依依沒辦法，跟在他們後面探頭探腦的從倉庫後門往外看。

嘩……好像真的不得了，人們都像瘋了一般往鎮外跑，鎮中央的大理石路面都揚起了塵土。

蘿拉頭髮凌亂的衝了回來，站在梁依依等人面前，極度激動的展開長手臂，咧開大嘴道：「上天，聖人，聖徒！有、有一個……巨大的……紡錘般的聖殿……出現在落水山坡的上空，它一會兒出現，一會兒消失……然後……哦，天啊你們快去看！聖徒，有聖徒駕臨了衛林！不知道聖徒為何而來，但是祂們用看不見的神聖之牆攔住了凡人！連國王都來了，跪倒在聖徒面前！去吧！我們應該去膜拜神蹟！」

梁依依本來鎮定的聽著，漸漸的，她臉上的血色猶如潮退一般一分分退去，而後，她慢慢的顫抖起來，忽然激動得面紅耳赤，雙眼雪亮。

突然，她像兔子一般跳了起來跑出倉庫，腦中一片空白，被擁擠的人群夾帶推搡著，朝落水山坡跑去。眼眶，染上了朝霞紅。

綠草如茵，清風徐徐的落水山坡上，一層無形的空間屏障將一片廣闊的圓形地帶圈起來，將驚動的原住民遠遠的隔在周圍。

勒芒委員會和夜旗軍的技術人員在認真的進行地質和生物勘探。

由於不準備對星球的原住民客氣，因此眾人沒有隱形，也沒有刻意低調，幾乎將原住民當作了山花鳥獸一般的渺小生靈，文明的優越感難以避免。

上層委員們站在山坡之上，微笑著觀察、討論，書記官們在旁邊擺上了放著精美點心的長桌和長椅，以供列位大人休息。

陸泉等人在觀察技術人員的勘測資料。

顏鈞……板著臉，無焦距的望著天空發呆。

艾爾薇也下了飛船，小碎步靠近顏鈞，不知道要說些什麼，只知道遵從心裡的痴念，盡可能的靠近他、仰望他。

空間屏障外，虔誠的人們跪了一地。嬌小的梁依依被人撞來撞去，腳步跌跌撞撞……她越過伸著雙手呼喊的貧民，越過跪在地上禱告的人們，甚至大膽的越過了長袍曳地的國王——她真的看到了他，淚水爭先恐後的湧出來……

她不顧一切埋頭朝他衝過去，卻被無形的屏障擋住，她像隻蒼蠅一樣埋頭朝著屏障亂撞，嘴裡抽抽搭搭哭著喊「顏鈞」，裡面卻根本沒人朝外面看一眼，沒有人會在意「螻蟻」的動靜。

衛林的國王驚慌的站起來，指揮衛兵要把她抓起來拖走，不允許她冒犯聖徒和神蹟，梁依依被衛兵反剪著雙手往後按，她很驚慌，害怕的喊著顏鈞，眼淚水像不要錢一般委屈的流著，終於她腦子運轉起來，用力推開衛兵，打開烈薇防禦艙升上半空，在一片空前的譁然與震驚中，她駕駛著防禦艙朝空間屏障衝去。

她打開最高防禦級別，笨拙的、一遍一遍的衝擊著無形的屏障。她看到顏鈞就在那裡呢，她也看到了那個穿著白裙子、緊緊貼著他，還想伸手去拉他袖子的女人……她腦子裡糊糊塗塗的，但是好生氣、好生氣、超級生氣！

梁依依生氣了！

終於，夜旗軍的周圍士兵發現了這艘單人太空艙，陸泉聽到士兵的報告後抬起頭，滿臉驚愕，他安排人警戒後打開遮罩。

梁依依的防禦艙一頭栽了進來，她急急的落地，掉在地上摔了一跤，然後一邊哭著抹淚、一邊朝顏鈞跑去。

林棟等人一時傻了眼，震驚呆滯，目不轉睛。

陸泉望著如同小鳥投林般撲進來的梁依依，震驚的臉漸漸變得激動，而後平靜，心中充滿了無與倫比的驚嘆和感慨。

他看著她走過士兵們的槍炮與武器，就如同無畏的走過相逢的艱難與險阻；他看著她走過露出震驚與不信表情的林棟等人，就如同慨然的走過世俗的質疑和動搖；他看著她走過上層委員們高貴肅穆的身影，就如同目不斜視的走過沿途的權力誘惑；他看著她走過那張擺滿精美點心的長桌，停頓了一下，順手摸了一塊噴香的糕點，然後繼續邊吃邊哭奮勇向前奔……

陸泉：「……」

林棟：「……」

白恩：「尼瑪……」

羅奇銘：「內心突然好複雜……」

梁依依一直走到所有人都安靜下來，那個挺拔高大的男人轉過身來……

陸泉清晰的看到，顏鈞臉上的堅冰彷彿忽然崩裂了，就好像三十多年的歲月在梁依依的一步一步靠近中一寸寸倒退，他多年以來不肯再示弱的臉上出現了恍然如夢的震驚、情怯的害怕，如年輕男孩般緊抿著下唇，瞬間紅了眼眶……

此刻，顏鈞渾身僵硬，腳下如生根一般動也不動；然而，在看到梁依依一邊嗚哇哭著、一邊吞下滿嘴的點心時，他甚至在翻滾的情緒中抽空無奈的翻了一個久違的白眼。

然後，梁依依嬌花帶雨般衝到了他面前。

陸泉以為她一定會不顧一切撲進將軍的懷裡哭泣，甚至將軍本身也已經非常緊張的微微張開手，緩緩朝前一步，似乎很想把她迎進懷裡。

但是嘴巴嘛到了天上的梁依依，竟然大步衝到艾爾薇面前、一把將她推倒在地，然後才抬起小臉，盈盈的看向她的顏鈞。

淚水也遮掩不住他的模樣。

梁依依一邊打嗝般的抽泣，一邊伸出手，深情的揉、搓、捏、摸宇宙第一強人的臉頰。

顏鈞頭一回縱容她這樣騎在他頭上弄他，沒瞪，也沒罵。他伸出手緊緊的攬住她的腰，用力的抱緊他的蠢貨，親親眼角、親親額頭、親親鼻子、親親蠢嘴……

兩人完全忘了周遭，入迷的表演了半天活體纏綿，總算顏將軍突然幡然醒悟，臉色突然一黑，四面一掃，極度不爽的拉起梁依依就往山坳那邊的幽靜處匆匆走去，無情的把目瞪口呆、掉了一地下巴的眾人丟在原地。

這群傻子，現在他一個都不想看到，全都是腦殘，不要汙染他的眼睛！

兩人深入怡人幽靜的綠茵山坳後，依然緊緊的牽著手，他們深深呼吸著山間的空氣，像兩個純正呆子一般搖晃著交握的雙手，往前往後晃蕩——該舉動主要由梁依依進行主導。

她時不時的看著顏鈞傻笑，每次她偏頭看他，顏鈞都瞥著她，手握得緊緊的，溫暖有力。

蠢貨……他用嘴型說。

梁依依傻笑，忽然撲進顏鈞懷裡，撒嬌一樣在他胸口靠著聽了幾秒，抬起頭甜甜的說：「你才是蠢貨，我聽到你心裡說的話了，怦怦怦怦……」

顏鈞輕輕環著她，眼簾微微垂著，說：「我說什麼？」

「你說……你好想念梁依依啊，你真是愛死她了，你們分開的三年裡……」梁依依的眼淚突然湧了出來，癟起的嘴巴顫抖著，「你每天都在想她，如果不靠思念著她和親人，你不知道該怎麼鼓勵自己，充滿勇氣……你好想我的，你以後，再也不會跟我分開了！」

梁依依已經淚流滿面。

顏鈞的眼淚也無聲的淌下來，但他的聲音一如既往的低沉平穩，甚至表情都沒有變化。他伸手，有點笨拙粗魯的替梁依依抹眼淚，道：「嗯，不會分開了。」

三年……他揉了揉梁依依的臉蛋。他感到好笑的搖搖頭，突然有一點為自己抱不平的鬱悶，真想罵她。

「蠢貨……腦殘……有什麼好哭的，沒出息。」他以如今格外顯得穩重大氣的臉和生殺予奪的沉穩嗓音，對她進行無腦批判。

梁依依自己擦擦眼淚，說：「你還不是哭，你也是蠢貨。」

兩人抱在一起纏綿的罵了一會兒，顏鈞將頭埋在她左胸口，問她：「那梁依依心裡在說什麼？」

梁依依有點不好意思的推開他的大頭，想了想，說：「哦，我在說啊，我也是有一點想顏鈞的，每天也會稍微想一想，雖然我想梁任嬌女士想得更多一些……」

顏鈞聽到這個，突然慢慢直起背，低頭認真的盯著她，彷彿有什麼鄭重之事要說。

那與記憶中有些不同的成熟硬朗線條，和格外肅殺凝重的氣質，讓梁依依停住了口。她迷茫的問：「怎麼了？」

顏鈞盯著她看了一會兒，突然開口，非常簡要的講了講他的事，強調了她穿過黑洞時所必經的時序紊亂。

「三十五年……」梁依依呆呆的重複了一遍，他在她說到梁媽的時候突然提這個，她忽然之間有點明白了他的意思。她的眼眶倏然紅透，不敢置信的、顫抖的說：「難道你是說……我媽媽，已經……」

顏鈞嚴肅鄭重的盯著她，板著臉搖頭：「不，妳母親沒有死。」

梁依依鬆了一口氣，含著一泡淚緊緊的揪住胸口，說：「嚇死我了……」

顏鈞對梁依依完全忽視他所歷經的三十五年孤苦經歷非常不爽，他脣角惡意又不爽的下抿，提高聲音：「但是，她得了絕症，我們無法治療……」

梁依依的臉立即又皺成了一團，屏住呼吸，表情慘痛。

顏鈞說：「所以我們將她冷凍，全力開發療法，等待醫學繼續發展，等待能醫治她的那天。」

梁依依稍微輕鬆了點，但依然愁眉苦臉，眼裡又含起一泡淚。

頓了頓，顏鈞再次提高聲音，「但是，超低溫冰凍對年齡偏大的人來說，不宜過長，所以我們不得不將她解凍，看著她承受病痛……」

梁依依的臉再次皺成了一個包子，呼吸艱難，渾身顫抖。

顏鈞默默的呼氣，看著梁依依的臉皺了又鬆、鬆了又皺，他胸中這口多年來盤旋不去的扭曲的惡氣總算出了，他爽了！

看到她這副樣子，他又覺得捨不得了，於是他把她抱懷裡，說實話：「嘖，騙妳的！我們凍了她二十一年，發現了醫治方法，妳媽媽現在活蹦亂跳、中氣十足，每天都要來罵我，每天罵人的花樣都不重複，她還學習了幾門外語，使用外語罵我……」

梁依依又氣又笑，淚花閃閃的，氣得想咬他。

「你就是混蛋，這樣騙我好玩嗎……」

顏鈞哼一哼，揚起下巴看著她笑，表情終於有了點鮮活的模樣。

梁依依捶捶他，帶著顏鈞漫山遍野的走著，也跟他慢慢講起了自己的經歷。她告訴他，她學了多少東西、懂得了多少道理，孤獨的時候怎麼辦、困難的時候怎麼辦……她偏頭看一眼顏鈞英俊的眉眼，想起他對自己輕描淡寫的簡述，忽然就好心疼他。

她停了下來，望著他，牽著他的手搖了搖，指著山坡之上的生物說：「其實，這裡有不少被套食物可以吃……」

而後她看一眼顏鈞，顯得有些害羞的道：「但是……我這輩子，還是，只想吃你……」

顏鈞看著她，忽然滿足又得意的笑了。他當然聽懂了梁依依羞澀的告白，這可是她先說的，夠他炫耀畢生的告白。

他想，人生最美好時，也莫過於此了吧……

風吹起來，帶起滿坡的徐徐翠浪。

也帶起梁依依心頭小聲唸唸的那句話——

「你是我，此生唯願獵取的食物，也是我矢志不渝的……愛人。」

……★……★……★……

顏鈞為貝阿人開綠燈，劃了一塊富奎拉區域——朔月小星灣，貝阿人陸陸續續的自由搬遷，這裡已經成了貝阿人的新家園，同樣也延續了貝阿聯盟自由准入的傳統。

顏氏在小星灣的麗都星上複製了薩爾基拉古宅，顏系的六翼依然緊密相依、支撐有力。

梁依依挽著顏鈞的手，踩著小高跟鞋，在一個週末蹬蹬的走進白府，小圓臉上洋溢著盎然的喜悅。

這是她第一次正式到薛麗景家做客，有一種姐妹家庭小聚會的感覺。

白府客廳中，白恩正在陪小女兒玩穿衣娃娃，一張英俊剛毅的臉上布滿了愁雲，看到將軍來了也沒有特意起身打招呼，彷彿正被女兒的十萬個為什麼煩得不行。

梁依依看到那個小小的、軟軟的、揚起巴掌去拍老爸臉的小女孩，一顆心霎時好軟好軟，她立刻嫌棄的甩開了顏鈞的手，揣著一顆小阿姨的萌心朝小女孩靠攏。

顏鈞：「……」

這時，一個矮個小蘿蔔頭男孩從內廳吧嗒吧嗒跑出來，撲到白恩身邊，搖晃他，「爸爸、爸爸……我完成學習了……」

梁依依驚喜的捂住小嘴。呀~他們還有一個這麼可愛的小男孩。

這時，又一名變聲期的清秀少年從樓上跑下來，撲到白恩身邊，搖晃他，「爸爸、爸爸……複數十維方程式我不會解……」

梁依依的臉又「哦(⊙o⊙)」的驚訝，還生了一個這麼俊秀的小公子啊。

這時，又有一名長著鬍子的中年男人從外面咚咚咚跑進來，粗聲對白恩說：「爸爸、爸爸……運輸艇爆了……」

梁依依：「(⊙_⊙)……」

她呆若木雞看著那一群嬌俏的、可愛的、俊秀的……以及年紀到了中年的孩子（？），那一聲「好羨慕啊」不知道為什麼說不出口了，她低頭默默的走回顏鈞身邊，主動將手放回他手掌中。

這時薛麗景抱著一個小奶娃，擦著汗從裡面出來，一迭聲道：「不好意思啊依依，遙遙哭了，我剛剛才把他哄好，哎呀急死我了……菲兒薇！為什麼不引將軍坐下！妳在假裝一棵樹嗎？！」她突然很大聲的對領班女僕喝斥。

菲兒薇立刻驚醒了一般併攏腳跟，低頭行禮，然後帶領女僕們過來。不知道為什麼，剛才將軍面無表情站在那裡斜眼看著老爺，讓她們忽然覺得猶如泰山壓頂般不敢靠近，所以遲鈍了許久。

梁依依帶著對生命敬畏和佩服的眼神盯著薛麗景……哇，生育女神，好想向妳跪啊……

白穆林正好從外面回來，看到白恩被那群奇奇怪怪的東西——那是他的姪子姪女們——圍繞著，他鳳眼一挑，嫌棄的道：「生這一窩……」

薛麗景的臉立刻被大伯說紅了，她將小嬰兒遞給菲兒薇抱著，自己假裝很忙、很賢慧的倒茶。

「噗……」梁依依捂嘴憋笑，無意識的捏顏鈞的手，然後就跟分享笑話似的笑咪咪抬頭看他，想讓他陪自己一起笑。

顏鈞懶懶的揚眉，突然精神一振，斜睨她，「怎麼？妳也想生一窩？」

梁依依立刻鼓一個包子臉瞪他。

白穆林看到顏鈞，朝他隨意敬了個禮，而後對梁依依微微一笑。

看到她依然清新可愛的模樣，他忽然想，如果她當初沒有拍那個造化弄人的天幕廣告，或許也不會那麼巧被海盜團盯上，導致她與顏鈞分開了這麼遠、這麼久……他有點心虛內疚的拍了拍顏鈞的肩膀，大步流星的閃了。

大伯一走，薛麗景好像立刻活了過來，她果斷關閉「賢慧弟媳模式」，開啟「熱情的沙漠」模式，放下茶盞幾步走過來將梁依依從顏鈞手裡奪出來，拉著她的手，激動的看了許久，彷彿每看不厭一般，然後緊緊的擁抱她道：「歡迎來到我家……這也是妳的家——『顏夫人』。」她促狹的朝她笑。

梁依依臉紅了，看著如今變得幸福豐腴的婦人——她的摯友，不禁傻笑，覺得特別有意思，好像昨天她們還在一起頭碰頭上課講八卦呢，今天她就成了個風韻灑脫的阿姨。

「薛阿姨好……」忠厚實在的梁依依自尋死路。

果然，薛麗景倒吸一口氣，鼓起一對大眼睛，把袖子一擼就要來收拾她。

梁依依的腰部碉堡——癢癢肉被薛麗景成功占領、猛烈攻擊，她「啊」了一聲，立刻笑得像顆球，癢不可支的掛在顏鈞身上扭來扭去。

兩人鬧了一會兒，坐不了多久，薛麗景就受不了顏鈞那張臉了。

真是太愛演了，演了三十幾年已經入戲了是吧？當著別人的面，總是一副末路梟雄的死人臉，誰不知道他喜歡抱著梁依依的照片咬著手指偷偷哭啊！她索性拉起梁依依，帶她去參觀府邸和寶寶們的成長記錄，梁依依開心得不得了，一拐就跑。

到了薛麗景存放孩子們成長記錄的房間——「童宮」後，梁依依摸摸這個、看看那個，終於忍不住兩眼放光的問薛麗景：「麗景，妳怎麼會跟白恩在一起的呀？」

薛麗景毫無防備她突然問這個，一時之間真有點不好意思，她理了理鬢髮道：「他啊……哎，問這個幹什麼……」老夫老妻的，拿出來說多不好意思。她把小兒子的照片拿出來勾引依依阿姨的注意力，轉移話題道：「看這個，快看遙遙，胖吧……」

梁依依「唔唔」的隨便看了幾眼，應付的摸了摸實體照片，然後又兩眼放光的拐回去問：「怎麼在一起的呀？」

「哎對了，妳吃栗果嗎？」

「吃！……那怎麼在一起的呀？」

「吃這個，汁多味甜！」

「到底怎麼在一起的呀？吧唧吧唧吧唧……」她一邊咀嚼，一邊不忘問著。

薛麗景翻白眼。她怎麼就忘了這丫頭只要真想做一件什麼事，就喜歡碎碎唸的繞來繞去，一根筋不轉彎。

她只好合上小兒子的照片集，簡要的回憶道：「那個時候啊……嗯，打仗了。一切改變，就在一夕之間。真正的戰爭很可怕，很突然……反正我是覺得可怕，生命像流水一樣嘩嘩飛逝。我本人讀軍校是來混文憑的，我父母是讓我來釣金龜婿的，我從來沒想過真的參軍。但是，因為天痕軍校的學生本身背景就盤根錯節，各歸各派，就算是自由子弟，也很早在校內就被招徠，已選好了要追隨的派系，打起仗來的時候，曾經的友愛同學就成了敵人……」

她揚起頭，記憶飛揚，眼前恍如炮火紛飛。

「像我這樣莫名其妙的無組織人士，在那種校內外亂戰的情況下，很容易就成為哪個勢力的炮灰，但是——幸好本小姐機智過人！」

梁依依耳朵緊張的豎起來，兩眼更加光閃閃了。

「那個時候，妳的顏鈞……說實話，他是有些剛愎自用、任性妄為了，但可能是有妳的原因，更主要是因為他父親的原因……為了報父仇，他親自頂上前線，同時火拚奈斯皇室和拜倫氏兩大勢力，拉瓦德家也踩他的痛腳，所以那時他早就不在學校裡了，要是他在，我說不定還能靠妳的面子，讓他收留一下。但是幸運的是，白恩的駐軍一直駐紮在天痕星區附近。」

「那是他救了妳嗎？你們是不是一早就認識了？所以他英雄救美，你們相愛了？」梁依依激動的要求劇透。

「哪有啊！」薛麗景搖頭，「我當時跟他僅僅只是認識，可能就兩面之緣吧，從貝阿皇宮返回的時候我坐了他的飛船，然後後來……妳還記得妳請假拍廣告嗎？我嫌你們回學校慢，不是要求自己回去嗎？那時候白恩也要回一趟他的駐軍，所以路上送了我，就是這麼一點淺淺的交情。當時顏氏非常混亂，白恩那會兒估計滿頭都是包吧，憑這點菲薄交情，他怎麼可能特地來救我。」

「噢……那是？」

薛麗景想到後來，自己都忍不住覺得好笑。

「當時呢，白恩的駐軍是來救顏氏費奧娜中將的兒子。我呢，隔很遠看到了白恩，為了小命，本小姐當時是多麼勇敢又機智啊，我衝上去對那些軍官說：『我是白恩的女朋友！快帶我走！你們可以向他求證！』為了讓他們相信，我還隔著亂七八糟的人海朝白恩揮手呼喊，我也不怕他不理我啊，我們確實認識，如果順手能救的話，他應該也願意救我的。」

「那時候多亂啊，於是軍官們急吼吼把我抓上飛船就撤退。妳不知道，我當時躲進撤退飛船的瞬間，立刻就哭出來了，真的很害怕……妳呀，其實妳離開這麼多年，也不見得是壞事，這或許是老天對妳的一種別樣愛護，如果當時妳也處在混亂的戰火中，或者之後跟著顏鈞顛沛流離，要是連顏鈞都自顧不暇了，妳想想看妳會如何……」

梁依依被她說得一驚一乍，吶吶不能言。

「後面也很亂，死人跟家常便飯一樣……我反正什麼都不管，我只往最安全的地方一個勁的躲，見到任何人，我都死死的咬著說『我是白恩的女朋友』，然後他們就會盡量照顧一下我，讓我往最安全的飛船上撤。一開始撒謊的時候，我其實很不好意思的，後來我也沒臉沒皮了……」薛麗景聳聳肩，「但無論如何，我想活著。」

梁依依張著嘴，驚訝。

「但是，我最沒有料到的是，顏氏居然兵敗如山倒啊……之後，我竟然莫名其妙跟著夜旗軍的大隊伍顛沛流離。其實好幾次我都想老實招了，想讓那幾個正直的中尉把我中途放下去，讓我悄悄摸摸回去找我爹媽，可是我完全沒臉開口，就這麼一拖，我這一輩子，就掉坑裡了。」薛麗景露出慘痛不忍回憶的表情。

「啊？怎麼回事呀？」

薛麗景擺擺手，不想細說，「我們誤入了星際迷障，怎樣都出不去，雖然發現了剎佘利文明遺跡，總算落地了，但是我就糟糕了呀，一落地，我就等著露餡吧！果然，那幾名中尉非常盡忠負責的把我拎到白恩的面前說：白恩，這是你女人，還給你了……我到現在都還記得白恩那個表情，跟吃了一斤屎一樣，嘖，氣死我了……」

梁依依覺得好有意思，笑得打滾，說：「那後來呢？」

薛麗景撇撇嘴，看了她一眼，實在不想在自己的摯友面前這麼賣自己的黑歷史，她是絕對不會告訴梁依依，自己硬要賴在白恩的屋裡住，白恩把她扔出去她就對人哭說他拋棄她……

反正對白恩做過的那些沒臉沒皮的事她實在是不願意講了，真是年少無知、悔不當初，於是她大手一揮道：「後來呀，後來他就深深的愛上我了！於是我們過上了沒羞沒臊的生活！就這樣！」

梁依依不幹了，她打著滾道：「哎呀不嘛！妳不能這樣一筆帶過，爛尾會被讀者的怨念攻擊的！」

薛麗景拿出了一點長輩風範和潑辣勁，反正任她胡攪蠻纏、我自微微一笑。她笑咪咪的把梁依依拉起身，邊走邊說：「行了，再不下去，我們倒是會被顏將軍的怨念攻擊。不如我再跟妳講點別人過去的故事吧？」

梁依依噘嘴不幹。

「對了，妳想不想知道，後來卡繆怎麼樣了？」

梁依依彷彿遲疑的頓了頓，但還是別開頭，噘嘴生悶氣，一副不感興趣的樣子。

薛麗景忍不住內心嘆氣。看來，這小妮子八竅通七竅、還是一竅不通的心中，完全沒有留下關於那一位的任何特別的印象。

「妳想不到的，傳言居然是真的哦！他原來真的不是拉瓦德家的血脈，是卡美拉混血，據說是個高貴家族的旁系，好像他現在在學術界是非常生猛的，所以他的家族很器重他。不過隔得太遠了，不知道他近況怎麼樣，估計差不了。」

「哼！」梁依依把腦袋別到另一邊，「我要聽你們後來的愛情故事，這種打啊殺啊家族秘辛啊我是不感興趣的，妳又不是不知道！」

薛麗景眼珠一轉，趕緊轉移話題，又說：「對了，妳應該想知道十字梟海盜團的情況吧，就是那個害得妳掉進黑洞的海盜團。」

梁依依眨眨眼，無聲的朝她看過來。

「妳知不知道，他們還是當年『十字梟之亂』的導火線，就是因為他們在，貝阿的奈斯皇室才敢興風作浪，埋伏坑害顏老將軍，不過他們沒囂張多久，好像卡美拉聯邦的星警頭子把他們銬走了。不知道他們對那位安全司長做了什麼，招惹這麼大的仇恨，現在他們不光要被星警頭子咬，還要被顏將軍咬，而且他就是不咬死他們，總是翻來覆去的折騰，可慘了……不過他們的生命力倒是非常頑強。」

薛麗景嘆了一口氣，「妳的顏將軍啊……這三十幾年，倒是很容易說明，頭兩年呢就在被人追著咬，中間呢，在一個孤獨寂寞冷的文明遺跡裡蹲著，後幾年一出山呢，就忙著到處咬別人，咬完收工，功成名就。而英雄落寞之時，妳就興匆匆的跑出來了，唉……」

薛麗景看著梁依依微笑，以溫和又喜愛的眼神，輕輕揉了揉摯友的腦袋，道：「依依，我知道妳是很好的女孩，你們在一起，一定會比很好還要好的。」

梁依依鄭重的點點頭，懷著說不盡的心疼，看向客廳沙發上的顏將軍大人。在無數偷瞄他的女僕面前，他依然端著他的王霸酷帥之姿，挺拔巍峨。

白恩正在無恥的把女兒往他旁邊塞，想禍害他幫忙哄孩子；顏鈞斜眼看著這個到處亂爬的小屁妞，嫌棄的撇著嘴角，眉心一跳一跳的。梁依依知道，他心裡肯定正在跳腳罵人翻白眼，但是從表面看上去，他真是超帥、超威嚴——好假。

薛麗景用手肘撞了梁依依一下，擠眉弄眼道：「怎麼樣，妳趕緊生個兒子，我把女兒嫁到你們家？」

梁依依看一眼那個活潑香軟的小女孩，心裡很萌動、很喜歡，她還真的認真考慮了一下，然後笑咪咪的說：「好呀。」

薛麗景得意了，「我們家黎寶很漂亮的，又聰明，而且我也教育得很好！特別文靜、特別有教養！」

這時，沙發上，被白恩搶走娃娃的黎寶一屁股坐到顏將軍手背上，軟糯糯的對老爸大喊：「尼瑪蛋碎了……」

梁依依：「(⊙_⊙)……」

薛麗景尷尬的頓了頓，伸手揉額頭，小聲道：「就是，有一點家族遺傳……」

第十一章✦這世界上最最可愛的男人

梁依依照照鏡子，撓了撓瀏海，打扮完畢，拎著小提包，神采奕奕的對顏鈞說：「顏鈞，我走了噢。」

顏將軍側臥在床上，給她一個充滿王霸之氣的彆扭背影，板著臉不鳥她。

一大清早，莫名其妙爬起來，不跟他運動，一定要出去串門子，神經病。

梁依依看到他那堵背影，就知道他在鬧脾氣。唉，他這麼一個人，跺一跺腳，星星都會掉下來的，威風凜凜嚇死人，居然還要她來哄。

梁依依特別無奈的走過去說：「顏鈞，你這種行為叫撒嬌，這對你來說是很不得體的，要注意一下你的身分，知道嗎？」她攀著他的肩膀，親親他的臉頰。

顏鈞頭一偏，雙眼黑氣沉沉的盯著她，欲求不滿的暴躁道：「好得很！梁依依！那妳以後不要有事沒事對我做這種『不得體』的事！」

「哎呀不嘛，我對你撒嬌是我應該做的事情。」

「什麼歪理！」顏鈞不爽的掀開她。沒骨頭，一往他身上沾就軟趴趴甩不掉。

梁依依被迫站直，「是呀，倍感欣慰的接受老婆的撒嬌，這是你的責任哦，老公……」

顏鈞眼睛要睜不睜的斜瞥她一眼，勾脣笑一笑，伸出手性感的摸摸雙脣，趾高氣昂的揚一揚下巴示意她。

梁依依「嘿嘿」一笑，欣然領命，湊上去吻他。

顏鈞輕輕摟著她，抱著她香香軟軟的腰，任她親他。

安撫了一會兒之後，梁依依感覺已經攻克了這個時不時暴動的碉堡，於是推開他站起來，耐心的說道：「好了，顏鈞，你偶爾也要講點道理的，我還要去看望媽媽，路途非常遙遠，不能再耽擱了。」

結果顏將軍一聽這話就氣勢萬鈞的炸毛了，「遙遠什麼?!從宅子的東邊走到西邊!很遠啊?!」

梁依依頓了頓，默默的躲開他的眼神，「那也是比較遙遠的，要走好幾分鐘呢……而且，媽媽說也許會有幾個軍部的夫人去探望她，我也得早點到那裡。薛麗景說，夫人外交對於穩定軍心也是很重要的。」

——夫人外交?明明是湊腿打麻將!我還不知道妳!

顏鈞翻白眼。這動作多年不做，已經有點生疏，他覺得這個白眼翻得不夠威嚴震懾，於是又翻了一個。

結果是帥白眼翻給憨子看，梁依依完全沒有把老公的不滿放在心上，整個人已經是飛心似箭了，她敷衍的揮揮手說：「走了喔，你快點去上班，要好好拯救世界啊……」她蹬蹬蹬踩著小高跟鞋出門去了。

……★……★……★……

穿過顏府內綿延數百公尺、修剪精緻的綠地花園，梁依依繞過綠茵地上幾座莫名其妙的雕塑，走到了梁任嬌女士的獨棟三層小宅門口。

宅門前，那些珍貴華美的花花草草都被梁女士拔了，全部種上了菜。如此鄉土的、接地氣的行為，梁依依是一點意見也沒有的，反正她的審美品味也高不到哪裡去。她順手摘了一個紅紅的西番果，叩叩叩敲開門。

梁任嬌女士一打開門，就看到女兒拿了一顆西番果遞到自己面前道：「媽，先洗一下。」

梁女士狠狠敲了她腦門一下，「吃吃吃！就知道吃！」

「哦。」梁依依晃進來，跟女僕姐姐們打個招呼，恬不知恥的坐到沙發上等媽咪洗吃的。

梁任嬌把西番果遞給她，戳她腦門，「人家女兒來看媽媽都是帶上東西大包小包，妳倒好，有事沒事過來惦記妳媽媽的菜。」

梁依依咬一口西番果，說：「我也是妳種的呀，我來看望一下妳種的『兄弟姐妹』，這是當姐姐應該做的。」

「哎呀我怎麼生了妳這麼個死孩子！」梁女士差點跳起來，「什麼奇奇怪怪的歪理都有！妳給我進來！今天是來做正事的別忘了！」

「哦。」梁依依吃完西番果，乖乖跟著老媽進廚房。

廚房是梁女士的主戰場，她往裡面這麼一站，整個人就是餐廳主廚的專業風範。

梁女士指點江山：「梁依依，抓住一個男人的心，就一定要抓住他的胃！難得妳還知道這個道理，想到要跟媽媽學點拿手好菜！這種勤於思考問題的態度值得表揚，以後繼續發揚！」

梁依依「嘿嘿」笑了一下，默默的把主要是薛麗景慫恿的這個原因嚥了回去。

「想學什麼？媽媽沒有不會做的！」梁女士揚下巴。

梁依依點菜。

梁任嬌女士親手「傳功」給她，期間由於梁依依手腳太慢、忘記放調味料、反覆放多次、默默的自己把菜嚐完了等各種原因，導致梁女士內傷數次，暴走N回。

兩人光嚐著試驗品都吃飽了。

等到一份梁依依親自下毒手的「愛心中飯」做好，已經快到晚飯時間了。

梁女士細心的幫她把餐點放進靜止空間膠囊裡，又覺得就拿著兩粒膠囊去慰問老公，看上去不夠盛大，不像是那種帶愛心便當的感覺，於是又幫梁依依拿了一個昂貴的古典派飯盒，包好。

這時，女僕塞林走過來，彎腰道：「夫人，莫賴爾夫人等人已經在樓上等您了，請您趕緊過去跟她們交流學術問題。」她兩手比劃了一下搓麻將的動作。

梁任嬌兩眼立刻一亮，轉頭就不耐煩的推著閨女道：「走走走！趕緊走！媽媽有重要的事情要做了！」

梁依依本來也雙眼閃亮亮的，湊頭湊腦的跟在梁女士旁邊，表露出了非常大的參一腳興趣，但是無奈被狠心的母親驅趕，便只好慢吞吞的出門，走上了送驚喜給老公的愛心旅程。

她一早就窺探好啦！知道他今天是視察Ｂ１基地，重點是實驗分區和後勤分區，應該不會找不到他。為了製造驚喜效果，她特地不告訴任何人她的計畫，悄悄出行了。

Ｂ１基地是顏鈞在朔月小星灣的兩個軍事基地之一，位於怒浪行星之上，距離麗都星不遠。貝阿人搬遷到朔月小星灣後，雖說開啟了真正的、和平民主的聯盟制，但是整個聯盟無形中都生活在顏鈞的淫威之下，這是沒有辦法的事，而且現階段，貝阿人都對顏鈞有著盲目瘋狂的英雄崇拜，隱隱以生活在他的羽翼下為榮。

梁依依打開她的個人單體飛船，她的飛船有最高級別通行碼，這些地方基本上都能去。她設定好目的地，就悄悄摸摸準備出發了。她如今也是個開得了飛船、下得了廚房的好女人！

幸虧顏鈞去的是小星灣內的基地，不是別的地方，還不遠。

她是聽說過的，這些年來，顏鈞就像瘋狗尿尿一樣——哦對不起，她不應該這麼形容他，總之他到處咬人，然後留記號、修基地，樹立了絕對的凶名之後，大家都怕他，就算不喜歡他，也忌諱他，只好送東西、送土地來跟他交朋友，還把重要人士的孩子送到他軍隊裡當追隨者，估計還在家裡擺神龕燒香，每天唸「泥揍凱」三字經，祈求顏鈞這個混蛋再也不要來他們地盤了。

可是顏鈞這個混蛋就是這麼的不善解人意，他喜歡在所謂的「盟友」家裡修基地，還修定位疊層躍遷點，相隔那麼遙遠的基地A和基地B之間，透過疊層躍遷，就像開門關門一樣能夠定向的快速抵達。如果他今天跑去十萬星河盡頭的基地，那麼梁依依的小飛船開死了也開不到，更別提偷偷摸摸送驚喜給他了。

梁依依剛剛啟動飛船奔向蔚藍的天空，顏府總控室的值班軍官就發現了，他看了一眼飛船的位置，進入飛船主腦，遠端獲取目的地，然後透過內部的電子眼觀察了一下顏夫人的狀況，判斷她應該沒什麼問題，於是聯繫將軍。

「將軍，兩分鐘前夫人駕駛個人飛船離開了麗都星，目的地是怒浪行星B1基地，目測夫人情緒正常、心情愉悅、狀態良好，基本可以排除遭到控制劫綁的可能，她應該是來找您的。我們已經鎖定了飛船座標，將向您即時推送。報告完畢。」

「……嗯。」

B1基地內，顏鈞盯著試驗場區，眉頭緊鎖，想不明白——她來搞什麼啊？！

旁邊的隨行軍官見將軍皺眉，緊張的冒出了一腦門汗。怎、怎麼回事？難道這樣的場區衛生還不夠乾淨？已經光可鑑人了啊將軍！

……★……★……★……

夜旗軍B1基地——

三名身著軍裝的俏麗女兵站在風景怡人的入口花園旁邊聊天，她們膚色各異、形貌不同，一個蒼白清瘦，另一個圓耳散瞳，還有一個是額前有兩根顫巍巍的可愛觸角，但是她們都非常好看，胸脯高聳、高挑婀娜，符合人型生物對雌性的一應審美觀。而且，她們有著共同的特殊身分——將軍的追隨者。

追隨者，是個很特殊又時不時有點尷尬的身分。如果他們追隨的，是勒芒那樣以壯舉和才學折服世界的鴻儒大師，那麼追隨者的心絕大多數都是虔誠而敬慕的；但是，如果追隨的是顏鈞這樣殺威赫赫、以凶名威懾世界的宇宙霸權者，那麼追隨者的心態就很難說了。

不論男女，他們都不會得到核心重用，因為難以讓人放心。但是他們的出身又不同尋常，代表著盟友勢力的親善好意，不能太輕慢。因此，追隨者在軍中從事的一般是周邊工作。

這三名追隨者工作清閒，忙完了一天的事情，吃完晚飯就在基地的入口花園處來回的閒逛聊天、炫耀著自己的青春靚麗。因為她們身分特殊，外表美麗迷人，就算偶爾嘰喳喧鬧了一點，也沒人刻意苛責她們。

這時，一名個頭嬌嬌小小的少女，懷裡抱著兩盆空氣花，低著頭從花園的後面繞過去。

一名棕膚女孩看到她，眼睛一亮，浮起意味不明的諧謔笑容，揮手叫她：「嘿！艾爾薇！」

艾爾薇腳步頓了頓，偏頭看了她們一眼，有些不大情願的走了過來。她早就脫下了那身白色的蓬蓬裙，跟其他人一樣穿上了軍裝。

她不想再讓自己愚蠢下去了……這樣，夠了。

從前她刻意違反規定不穿軍裝，總是穿著漂亮的裙子，只是有意無意的想顯得自己很特殊，她心裡想強調，自己在將軍的心裡肯定是不一樣的，不然，她這樣時不時的逾矩，也沒有人管她。

現在，她卻有一點點明白了。

那也許不是因為縱容所以不約束她，那只是因為她無足輕重，所以沒人把她的行為放在眼裡吧。她到底是穿白的還是穿黑的，對於陸參將或者羅上將來說，或許沒有任何區別，更加不用說那個人了……

他願意偶爾看自己一眼，原來不是因為喜愛啊，只是因為自己長相面善，不惹人討厭，對吧？其實，她並不覺得那一位小姐與自己有多少相似之處，她很不願意成為某個人的回憶影子。艾爾薇就是艾爾薇，憑什麼要被拿來當另一個人的回憶範本呢？

她並不覺得那位小姐有多麼優秀迷人，至少從長相上來看，自己是並沒有輸。對方有她這麼擅長歌唱嗎？對方有她這麼精通詩歌嗎？

況且，自己的幻想和誤會之所以每天增長，四年來累積到了那種、那種……自以為是的程度，都是因為那些對她持鼓勵和慫恿態度的軍官們，他們一心只從將軍的角度出發，只考慮將軍的心情，他們需要的只是一個能夠開解將軍、陪伴將軍的「物品」，這個人到底是艾爾薇還是賽思琳，對他們來說毫無區別，他們從來沒有站在一個女性的角度為她考慮過，但凡有一個人能夠告訴她、提醒她事實真相，她也不會沉浸在自以為是的迷沼中那麼久。

所以，她雖然覺得羞恥，但她並不覺得自己犯下什麼過錯。她也只是一個養在優越環境中的理事官女兒啊，對光芒萬丈的英雄男性產生愛慕和崇拜的感情，她覺得這樣的自己很正常。

那樣一個男人啊，誰不愛慕他呀……而眼前這些嘲笑她、打趣她的女人，內心不也有著相同的幻想嗎？

「艾爾薇，這些空氣花要抱到哪裡去？是要送給妳的將軍嗎？」棕膚少女掩嘴笑。

艾爾薇低頭敷衍的笑了一下，聳聳肩，並不想回答她們。

或許是由於感到抱歉，又或許是想遠遠打發她，自那天後，陸泉參將親自過問，替她安排了一個清閒舒適又有些分量的工作。她不再是穿著白裙子、每天晃來晃去無所事事，滿腦子只想見將軍的艾爾薇了，她現在是實驗分區的植培所實習助理，比起這些只知道做文書雜事的花瓶來說，她一定會更有前途。

三名女孩圍著艾爾薇低笑打趣，好不容易抓到她，一定要找點樂子，回想起當初她那副天真爛漫、自以為是的樣子，誰心裡不笑得牙癢呢？不過，她實在已經夠可笑了——原來將軍早就有了一位神秘的夫人，可笑這愚蠢的女人啊，還一直做著夢呢！

這時，梁依依的個人飛船飛抵了B1基地，她小心翼翼的下降，遵照基地的廣播通報要求，將飛船下降到兩公尺高，而後緩緩通過基地門口的掃描檢查。

地面和天空中的崗哨衛兵虎視眈眈，武器炮口一直盡忠職守的對著她。

由於她有最高級別通行碼，掃描檢查完畢後，崗哨們立即撤回了武器，准許放行。

進入基地入口後，梁依依從飛船上下來了，飛船瞬息變形回到耳掛上。

她抱著愛心飯盒，探頭探腦、興致勃勃的打量四周。

——不知道這樣突然跑過來，會不會給顏鈞造成麻煩呀？不過，人生就是由各種麻煩組成的，顏鈞你要習慣。

這個時間，入口花園沒什麼人，她環視一圈，除了天上飛著的哨兵，就只看到幾個漂亮姐姐。

——呀～好唄～就問問她們！

梁依依帶著有點興奮的微笑，朝漂亮姐姐們走去。

「那是誰？這麼容易就能進入基地？」

「或許是哪位軍官的女兒吧。」

「來幹什麼？她懷裡抱的是什麼？」

「看上去倒像某種爆破武器。」

「哦，賽思琳，別嚇我們。」一女笑道。

而站在最後的艾爾薇，第一眼就認出了梁依依，但是對方彷彿沒有認出自己。

啊，說的也是。她們僅有的接觸，也只限於她推了自己一把。

艾爾薇默默的看著對方走近，不知道出於什麼心理，她並沒有開口點破對方的身分。

梁依依帶著親切的笑容走近後，揮了揮手，「妳們好呀！」

「嗯哼……」

「『小朋友』，找姐姐什麼事?呵呵~」

梁依依問：「我想找顏鈞，請問他現在在哪個區?只要大概位置就可以了。」她又摸出幾塊昂貴的雲粒絲絨巧克力，順手一遞，「這個，妳們吃點兒吧?」

眾人愣了一下，對視一眼，然後哈哈大笑。

「妳想見顏……將軍?」那位棕膚女孩笑得眼淚都出來了。

梁依依被這幾個女人突然爆發的胸腔共鳴音嚇了一跳，而後點頭。

「親愛的，我們也想見他。」一女聳肩。

「不如妳帶我們去見一見?妄想症小姐?」

「好啊好啊，我們一起去見將軍吧！這事太簡單了，就像這位小丫頭說的，跟吃巧克力一樣容易……哈哈哈……」

梁依依反覆思考一會兒，沒有發覺對方的話中有特別突出的「笑點」。她抬起頭，正想說話，卻看到入口花園後方走來的那個人，她微微皺起的小臉一時間就像花兒綻開一般，忽然間就露出了一個燦爛的笑容。

她敷衍的向她們揮手道別，而後直接越過這幾個虎笑大妞，朝顏鈞走去。

顏鈞身後，不可避免的跟著一群不明真相的圍觀下屬，見梁依依興高采烈的過來了，他就懶得再呼啦啦帶著人往前走，停在原地，好整以暇的等她過來。

「好巧哎！」梁依依小跑過來，怎麼剛好遇上了，省得她找，實在找不到還得打電話，那就一點也不文藝、不浪漫了。

好巧？顏鈞低頭看了一眼時間，從麗都星開到怒浪行星開了一個小時，她選擇的路線還真是曲折離奇。

「妳跑來幹嘛啊？」顏鈞覷著她，一臉嫌棄和麻煩。

梁依依縮頭縮腦的看了一眼他身後的人，捂住嘴神秘的笑一笑，整個人抱著愛心飯盒拱到他懷裡說：「進去說嘛、進去說嘛。」她一邊拱，還一邊拉著他往裡走。

被她這麼抱著腰拱了幾下，顏鈞頗覺得威嚴掃地，邊走邊小聲訓：「大庭廣眾靠這麼近幹什麼，不知道注意一下形象？」

「哦哦！」梁依依恍然大悟一般，抱著飯盒蹭蹭後退好幾步，跟他保持尊敬典範的距離。

見她突然離那麼遠，這下子連手都捏不到，顏鈞又不爽了，對她這個毫不通透的領悟力非常惱火，「嘖，妳做得這麼刻意，是想讓別人看到傳什麼話？說我疏遠夫人嗎？」

「啊……不是呀！」唉，好嘛，老爺你說什麼就是什麼好了。

梁依依臉一皺，噘起嘴，默默的靠過來，斜眼計算了一下距離，肩膀不擦到，剛好牽住他的手手，這樣可以吧？她仰頭用眼神詢問他。

顏鈞輕哼了一下，點點頭，看了一眼她懷裡抱的那玩意，長得像爆破武器。

「抱著什麼東西？」他以眼神指了指。

梁依依靦腆的笑，「哎呀，進去再說、進去再說。」

顏鈞好奇的皺眉，心想搞什麼啊！

入口花園邊，三名虎笑大妞的嘴還沒來得及閉上，表情尚未來得及有所反應。

艾爾薇忽然覺得真開心：看吧，人呀，果然還是應該時刻保持謙虛謹慎之心、尊重禮貌之態，不然一不小心就會鬧出笑話。

……★……★……★……

驅散了那一群忠心尾隨的下屬後，顏鈞被梁依依牽著，跟著她神神秘秘進了B1基地的首腦辦公室。

她是第一次來這裡，難免東張西望一會兒。

顏鈞站在她身後，緩緩關上門，伸手慢慢解著袖釦道：「鬼鬼祟祟什麼呢？」

梁依依在顏鈞辦公桌的醒目位置上發現了三毛的立體照片，她立刻將愛心飯盒放到一邊，走了過去。

她拿起照片，微微抿脣，盯著照片中翠羽黃身的傲嬌鳥。牠時不時揚起頭，以彎鉤般的喙梳理羽毛，傲慢又自得的模樣活靈活現。

顏鈞默默靠近，停在她身後。

「牠走的時候，是高興的嗎？」梁依依第一次問起他這個問題，語氣帶著一點點試探和心疼。

她知道三毛對於顏鈞的意義。三毛的東西他都珍藏著，鎖在一個大櫃子裡，但是牠的影像與照片他卻留得不多，顏府裡他也從來不擺，也許是一種心中難過、既想念又不敢見的心情。

顏鈞「嗯」了一聲，「逍遙快樂，壽終正寢……牠能有什麼不高興的。」

梁依依輕輕把照片放回去，小聲問：「那牠，嗯，那牠離開前，說了什麼話嗎？」

顏鈞偏頭回憶，「牠說……『我覺得我還可以吃一塊巧克力』……然後就嗝屁了。」

梁依依嘴角抽搐了一下，咬下唇，低下頭。

「嘖，想笑就笑，裝個屁啊！我也笑了牠十幾分鐘才把牠埋了。那隻蠢鳥沒什麼好同情的，牠快活得很……比我快活多了……」

顏鈞寬厚溫熱的背靠過來，鐵臂一圈，從後面不由分說的抱緊梁依依，偏頭親她。

梁依依乖乖伸臉讓他親親，左邊軟軟白白的臉頰上，印上了柔軟溫暖的觸感。

顏鈞唇瓣游移，鼻息有加重的趨勢，情緒正在預熱，梁依依卻覺得他這個人形大棉被實在是太熱了，背在背上好不舒服。她曲起手肘頂了頂他的胸膛，道：「顏鈞，你身上怎麼又熱又燙的啊？沒有感冒吧？」

顏鈞直起背，皺眉想了想，醒悟，將小臂上的一個臂環摘下來。

梁依依好奇的伸爪子拿小臂環，想抓到手裡看看。

顏鈞把東西遞給她玩，道：「這是體臂環，可以隨環境改變體溫。現在溫度高，穿軍裝太熱，所以夜旗軍人人配一個體臂環，戴上就不熱了，只是體溫會升高。它還能偽裝成體表顏色、改變色譜輻射和光學隱身。」

「哦，就像變色龍的皮膚嗎？」梁依依掰著玩。

「差不多吧……林棟出品。」

「嘩！他好厲害哦！」梁依依抬頭笑。

「嗤！他也就會弄點無聊小玩意！正經大傢伙沒見他開發出一件來。」

「慢慢來嘛……」梁依依玩了一會兒，覺得沒意思了，又把體臂環還給顏鈞。

只要顏鈞不要靠她那麼近，她就不會腿發軟、腦袋發糊。這會兒，她就想起了自己此行來的目的──送溫暖，獻愛心呀！

她過去抱起愛心飯盒，笑咪咪的看了顏鈞幾眼，走到几案邊，有點害羞的打開飯盒，慢慢把精緻的飯菜擺出來，低頭說：「顏鈞……嗯，我，給你做了晚飯……」她臉紅，對手指，有著第一次為老公做飯的羞澀。

顏鈞愣了一下，走過去，俯身看了一會兒。

幾個小碟子裝著的是傳說中的中華菜式，種類多，分量卻不多。他能想像她那一點小個子，揚起鏟子吃力翻炒的樣子，炒了半天結果也沒炒出多少來，只好多做幾樣，說不定走在路上她自己還偷吃。

他睫毛低垂，脣角緊緊的抿著，盡全力不讓她看出來自己有多高興。

——笑話，本將軍的心是這麼容易被取悅的？！

他大馬金刀的往長椅上一坐，抬起頭來看她。

梁依依不知道他什麼意思，笑著繞過來，推他，「你吃呀。」

顏鈞伸手拍一拍右邊大腿，看她一眼。

梁依依頓了半天才明白他的意思，「哦」了一聲，乖巧的過去坐他大腿上，「快吃！可好吃了！」那句「我路上嚐過」還是明智的沒有說出口。她眼神熱切興奮，很難講那到底是看老公的眼神，還是看小白鼠的眼神。

顏鈞「唔」了一聲，揚起下巴點了點桌上的碗筷。

梁依依端起碗筷，自認為很賢慧的想塞給老公。

顏鈞非常不爽的撇開手，瞇眼看著她，兩個人面面相覷了一分鐘，梁依依已經「啊？」、「什麼呀？」、「吃吶」、「腫麼看著我呀」囉里囉嗦哼唧了一大串，顏鈞終於被她那憨勁搞得認輸了，撇嘴，「餵我！」

「啊？」梁依依特別無奈的看他一眼，慢吞吞道：「要餵啊，是不是還要幫你嚼呀，老爺……」然後她端著碗筷夾菜，服從他的不合理要求，餵他。

顏將軍輕輕環著梁依依，吃得很爽、很高興，「懷中抱妹吃」，味道怎麼樣先不說，服務態度算是可以。

梁依依見顏鈞實在憋不住露出嘴角的笑意，自己也覺得很好笑、很高興。這個奇奇怪怪的傢伙，一會兒板著殺人臉到處假正經，一會兒跟小孩子一樣。

她歪頭看一眼他，覺得輪廓深、線條冷的顏鈞突然這樣綻放笑容，真是超帥的，連好久不出現的桃花眼都有點瀲灩彎彎了，果然是梁依依的老公，跟她還是比較般配的！

她忍不住湊頭湊腦靠過去，小心的親親他的嘴角。

殊不知，這是把自己也當一盤菜送到他嘴邊了。

顏鈞斜著瞥了她一眼，又緩緩吃一口，再瞥她一眼，慢慢吃完，喝水漱了漱口，然後就摟著她默默的開始解領釦。

「嗯？不吃了嗎？」梁依依斜靠在他懷裡。

「嗯。」顏鈞很敷衍的點點頭，專心致志解釦子。

梁依依於是從他大腿上滑下來，彎腰俯身，開始收拾桌上的菜碟、碗筷和飯盒。

等到顏鈞脫下軍裝、解開襯衫，衣衫半褪滑下壯碩肩頭，然後遵從著心中「曠野的呼喚」伸出手，捏她撅起來的屁屁時，梁依依才驚訝的轉過頭，驀地回過味來。

但是此時的顏鈞已經不給她半點異議的機會了，他猛地伸手將她拉進懷裡，前方的几案嘩啦一聲浮起來讓到一邊，顏鈞埋頭吻她，勢如狂風與驟雨，忽然燎原的情緒與漸漸急促的鼻息交相輝映，他單手抱起她大步向寬大的辦公桌走去。

顏鈞手指一抬，辦公桌上的東西呼啦飛開，他將辦公桌的控制桌面改成保護性的星圖模式。

梁依依抓緊他操作的這麼幾秒，推搡他道：「顏鈞！你昨天晚上已經沒完沒了過了，不要這麼過分好不好！」

顏鈞不在意的哼了一下，把她輕輕放到桌上，埋頭剝她衣服。

——反正等少爺我動起來，到時候不准我走的人是妳。

梁依依撓癢癢般的阻撓完全不能發揮作用，幾分鐘工夫，她就如同一枚顫巍巍的誘人果實，捂住上面遮不住下面，交叉捂胸和夾緊雙腿的害羞姿勢，只會讓顏鈞的氣息更急促，武器更勃發。

顏鈞捉住她嘟嘟的嘴流連親吻了許久，實在忍無可忍，才抽身脫褲子，等到他頎長結實的軀體無遮無掩、盡顯其窒息的誘人時，梁依依不甘屈服，二話不說轉身就爬。

顏鈞快、準、狠的出手握住她大腿，嘖了一聲，看上去非常苦惱，但其實嘴都笑歪了，「妳想趴著做？真拿妳沒辦法……」然後他伸出拇指，順著肉嘟嘟的大白腿往上滑，在她已經有些濕潤的柔軟處輕揉了幾下，而後不顧她哼哼唧唧扭來擺去的阻撓，用自己滿滿實實的填飽了她。

「啊……混蛋……」梁依依癟嘴，覺得掙扎無望了，回頭瞪了他一眼，而後乾脆自暴自棄的撅起屁股，往辦公桌上一趴裝死。

但顏鈞的存在感實在是「太大了」，就算他還沒下死力氣折騰她，梁依依也已經忍不住咬著手指開始嗚咽。

她身後是強壯炙熱的顏鈞，她前面是冷硬的辦公桌面，她那一對敏感可憐的柔嫩尖尖一直在桌面上晃蕩摩擦，隨著顏鈞的猛烈撞擊在桌上輕點、狠擦，觸摸式的控制桌面被她擠壓出一對渾圓的觸痕。忽然，弘大的星圖如同水波一般，從她身下漾開，以緊密交合的兩人為圓心，一幅巨大的星航圖出現在屋內。

顏鈞笑著，腰肢有力，起伏馳騁，俯下身親吻他的小嬌妻。

「妳打開了蒙帝列的星群圖……」

他忽然壞心的頂著她往前擦了擦，「這是默特……」

「這是夏尼拓……啊……」他揚起脖子，送出一段低沉迷人的呻吟喉音。

梁依依的哼唧終於無可抑制的飆高，小屁股顫抖起來。

「這是密倫……」

「啊，嗚嗚嗚……」

「薩特尼斯……」

在顏鈞的惡劣達到新的高度時，梁依依突然被他擊中某點，敏感處狠狠驟縮，驚聲尖叫起來。

顏鈞「嘶」了一聲，勾嘴笑，捧起她圓潤豐腴的屁股，對準那一點開始生猛頂擊，狠狠鞭撻。

梁依依不得不劇烈顫抖起來，電擊般的浪潮一浪高過一浪，稚嫩的哭聲和破碎的叫聲取悅了顏鈞。他讓她像一首高亢迷失的歌飄蕩在他的疆土上，他讓她像一朵激烈怒放的花朵開在他的鐵蹄下，他剝開她一層層的花苞，他挑弄她柔嫩的花心，他讓她猶如風雨擊打下的玫瑰，哆哆嗦嗦的張開花瓣包容他、緊納他，噴吐飛濺出如泣如訴的露珠撫慰他。

梁依依在顫抖中眼一黑委頓在桌上，身體還在哆嗦，腦子卻無法捕捉到自己的思維了。隔了好半天她才緩過神來，顏鈞還在她身體裡緩入慢出的掀起波瀾，她卻這樣丟臉的敗服了一輪又一輪，她特別鬱悶的回過頭來，不知道為什麼說了一句：「對不起哦，我又昏過去了……」

顏鈞笑著，把她翻過來抱進懷裡，溫柔的親親她，然後給予無情的嘲笑，「沒出息的東西。」他分開她的兩腿，梁依依於是習慣性的張開腿纏在他結實有力的腰上，虛軟沒力的手勾住他脖子，像撒嬌搗蛋一樣撓了他兩下。

顏鈞吻著她，單手托住她柔軟亂蹭的屁股，往前一抵，長驅直入。

「啊嗚……」

梁依依兩腿交叉在他緊繃發力的臀上，不由自主的吃得好滿。她扭了兩下小腰，雙手在他緊實的身體上起伏摩挲，人如一根水嫩無助的綠藤蘿，緊緊攀掛在顏鈞麥色的壯碩軀體上，葳蕤生姿，嬌吟無力。

顏鈞抱著她，猶如焦急拉動的琴弦，時快時慢、時緊時鬆；梁依依就如同那不著調的笨琴，琴聲雖然碎不成歌，但卻能讓拉弦的人痴迷喜愛，喘息瘋狂。

顏鈞突然將頭埋在梁依依香香軟軟的髮間，帶著壓抑的沙啞問：「好不好吃……」

梁依依被頂成了酥軟的一灘，她摸著他寬厚的肩背，斷斷續續說：「好……啊……好、吃……」

顏鈞湊近梁依依的耳邊，含著她軟軟的耳垂吮吸片刻，小聲道：「我不是說……能量……我問妳……顏鈞，好不好吃……」

顏鈞劇烈的喘息像要將她的耳朵融化。梁依依羞得紅透了臉，她將腦袋無力的擱在顏鈞肩頭，臉蛋羞羞的躲起來，答：「嗯……顏鈞，好吃……我好喜歡吃顏鈞……」

顏鈞的耳根瞬間紅了，梁依依被他突然更粗壯的武器塞得有些難受，但看到他紅透了的耳朵尖尖，她又恍恍惚惚的想：他自己講的話，結果把自己聽得臉紅了……呀~他真是這世界上，最最可愛的男人了……

《廢物少女獵食記03這輩子只想吃你》完

番外一 ✦ 薛麗景不能說的黑歷史

曼寧曆二〇二七五年十四月的某一天，這是夜旗軍誤入剎佘利文明遺跡的第一個月。

這個偉大的頂級文明遺跡由三顆螺旋行星組成，三顆行星的公轉軌道為螺旋形，相互圍繞、自轉公轉。

進入文明遺跡後，夜旗軍就如同鄉下人摸進了城、史前人類走進了電子時代，各種爆炸的、令人震驚的科技能夠晃瞎人狗眼，有些文明成果甚至無法用科技這個詞來界定。

雖然雜草叢生、塵埃蔽日，但在這三顆荒草荼蓼、野獸橫行的星球上，遺跡被奇蹟般的完整保存下來。於是，在宇宙中被反覆驅逐、輾轉流離的夜旗軍，猶如一塊乾海綿投進了海洋中，帶血的悲憤化作不知疲倦的動力，人人都在忙於生存、忙於建設、忙於清理、忙於探索和學習……

但是有一個人，她比較閒。

薛麗景背上背著一個可疑的小背包，腰上別著一把用大葉子紮的「雨傘」，懷裡抱著一件男式襯衫，鬼鬼祟祟的蹲在一棟球形寓所的牆根邊，時不時探出腦袋張望。

她鬱悶的抱著頭，撓頭髮，心裡又苦又悶。

怕什麼？不要怕，薛麗景妳有什麼好怕的！為了生存！不管前方是生猛的野獸還是無情的魔男，妳都要勇敢的……向他屈服！

世俗的鄙視和唾罵已經不能阻止妳了——前進吧！少女！

由於進入了遺跡星球，夜旗軍最主要的任務變為拓荒和建設，人力吃緊，因此大部分長官都減了勤務兵和衛兵的數量，反正整個星際迷障之內只有低等野獸和中等智慧生物。對於訓練有素的軍人來說，這些動物毫無威脅，所以有一部分長官，比如白恩，乾脆就免了衛兵站崗放哨的任務，讓他們抓緊生產去。

所以白恩披星戴月回到暫住地時，門口既沒有衛兵迎接，身後也沒有勤務兵跟隨。他大步跨過幾蓬生機勃勃的野草，打開球形的臨時寓所的門，邊走邊脫衣服，健壯的身體上都是汗，汗水順著結實的肌肉線條往下淌，沿著腹肌的凹槽匯流而下……

脫完，他習慣性的把衣服隨手一扔，然後聽到了衣服「啪嗒」落地的聲音，他愣了一下，記起來，噢，這會兒沒有僕人為他接衣服，也沒有勤務兵幫他收拾了，他惱火的撓撓頭，只好彎下腰自己撿。

這時，身姿矯健、反應迅速、腳步靈敏的薛麗景咻的一聲竄了進來，動作俐落的低頭撿起外套和襯衫抱在懷裡，迅速的、興高采烈的往裡面跑，邊跑邊說：「剛好啊～正好跟你昨天那件襯衫一起幫你洗了哈……」

「……」白恩震驚的盯著她往裡跑，而後跳起來大吼：「妳怎麼又來了?!」

他大跨步趕上去，用兩根指頭拎著她的衣領把她拎回來，相當惡意的居高臨下瞪她。

「啊?什麼啊?什麼又來了?我不是一直在嗎?」薛麗景大無畏的聳肩裝傻。

白恩嘴角一抽，深吸一口氣，二話不說就要把她往門外扔；薛麗景立刻掙脫他，迅速的埋頭往桌邊爬，寧死不屈，死活扒著桌子腿不放手。

「尼瑪……」白恩服了，氣得在桌子腿邊繞圈，往門外一指道：「這地方到處是遺跡，外面那麼多空房子，跟他媽鬼屋一樣多，隨便妳住，妳為什麼一定要住我這裡？！」

薛麗景簡直用生命在強抱那根桌腿，她推了推眼鏡，有點要哭不哭的說：「就是因為這地方都跟那什麼鬼地方一樣荒涼一片啊……你根本不明白，我……」

她伸手揉了揉鼻子，深吸一口氣，轉頭看著白恩，終於忍不住大聲道：「你知不知道我只是個女人啊！你知不知道我有多害怕呀！你把我趕出去的時候有沒有考慮過我怎麼生存啊！夜旗軍的軍人有多嚴肅多刻板多不近人情你又不是不清楚！沒有上級的命令，他們都不會理睬我啊！我想幫他們洗衣服換一點糧食，他們都要請示上級呀！你們的部隊分布得那麼廣，我連去找顏鈞套交情都找不到路啊！而且夜旗軍天天有奇遇，到處有巨大發現，你們部隊老是半夜起來急行軍好幾千公尺，跟神經病一樣四處換地方挖寶！我老是一覺醒來，附近就一個人都沒了……我為了找你們，拾了命一樣的找啊，要不是順著痕跡又找到了你，我現在很慘了好不好！你告訴我該怎麼辦嘛！」

薛麗景越說越憤怒，竟然勇敢的從桌子底下爬了出來，昂首挺胸的怒瞪白恩，「我承認我很沒用，外面那麼多野獸，還時不時地震，我一不留神就會死的！你有沒有想過啊！」

白恩被這矮子的氣勢逼得偏了偏頭。自戰敗流亡以來，兄弟們的脾氣確實都不怎麼好，全軍憋著一股肅殺冷血的怒氣，事多又忙，誰有工夫理她呀？而且她自己不也是個軍人嗎？這世界上居然還有跟不上急行軍、無法叢林求生的軍人，真是太令人神奇……不過……他撓撓一頭亂髮想了想，還是沒明白，她怎麼就賴上他了？

「那這關我什麼事？！妳憑什麼就盯著我胡攪蠻纏？！」白恩越想越莫名其妙。

薛麗景語塞了幾秒，然後挺胸道：「因為、因為……你是我男朋友！」

「我怎麼不知道？」白恩腦子冒煙了。

「那你現在知道啦！」薛麗景外強中乾的回吼，然後刺溜一下從他旁邊鑽過，迅速往寓所的裡間跑，生怕他回過神來又把她扔出去。

白恩覺得這世界真是天坑無限啊！他凌空伸手一揮，薛麗景的前方就像有堵牆一般，任她再使勁跑，也前進不了分毫了。

白恩帶著一臉匪夷所思的煩躁表情，繞到埋頭往裡鑽的薛麗景面前，伸手推了推她道：「行了！妳別胡攪蠻纏了！我幫妳安排，以後妳就跟著第七後勤支隊，洗衣服做飯反正妳都會，住在營區裡也沒什麼不安全的，凍不著妳也餓不死妳，這樣總行了吧？」

薛麗景停了下來，抱著衣服，非常懷疑的看著他，黑框眼鏡下一對大眼睛滴溜溜的轉著圈，道：「那你說話算話啊！」

「廢話！這對我來說算個事嗎？！」

「哦，那倒是……」薛麗景感覺有點放心了，她一放鬆下來，臉上立刻神采奕奕，討好的一笑，用手肘碰碰白恩的手臂，拍馬屁道：「其實我一直是有感覺的，你這個人肯定特別好！特別仗義！謝謝你長官！」她還不忘豎起大拇指。

白恩沒給她什麼好臉色，狠狠的抽出被她摟在懷裡的衣服，默默的一指門外道：「妳先去第七支隊的營地等著，我洗完澡替妳安排。」

薛麗景本來想說幫他洗衣服的，但是她一想，她哭著喊著幫他洗了將近半個月的衣服，他都沒有和顏悅色的善待她，還老是把她往外面扔，這個熊男子的野蠻內心和爆炭脾氣真是一點都不美好，於是她也懶得幫手了。

「那好吧。」她隨意擺擺手，拿起小背包就準備出去。

白恩突然拉住她的背包帶子，臉部表情有點扭曲的說：「但是，麻煩妳還是把這玩意還給我……」他伸手去撈她的背包。

薛麗景的臉立刻一陣紅、一陣白的，她把背包一抱說：「幹什麼啊，這是我的！」

「我叼……妳偷我內褲我沒揍妳，妳就給我識相點好吧？！」白恩忍不住了，他終於忍不住了，這事他憋了好久了尼瑪！偷男人內褲的女變態啊！所以他才心驚膽顫的要趕她走啊！

薛麗景一張臉立刻透紅透紅的，她緊張尷尬的「我我我」了好久，低頭說：「我又不是偷……我這是……我這是借好吧？」

「『借』男人的內褲穿，妳不覺得妳很……很……很奇特啊！」白恩還是把「變態」這個詞忍了回去，雖然他講話不太注意，但是侮辱性的詞他還是不對女人說。

薛麗景窘到極限，羞惱得不行了，索性把臉一抹、把心一橫，大聲頂嘴：「我什麼奇特啊！我只是……我只是沒衣服穿嘛！我是女的，總有那麼幾天啊，我要換內褲的呀！我還沒嫌你屁股大呢！」

「什麼屁股大？！老子是標準身材！妳見過比我身材好的？！」白恩火冒三丈，這年頭變態還有理了？！

薛麗景反正已經把節操和靈魂都賣給魔鬼了，三塊錢一斤愛要不要，她紅著臉死死的抱著好不容易「搜集」來的家當背包，心虛的轉身就往外溜，嘴裡硬撐著嘀嘀咕咕說：「行了太好了就這樣愉快的決定了，我先去營區了啊，長官你說話要算數啊……」她頭也不回的向營區狂奔而去。

當她終於在第七後勤支隊入了編，有了一套行李和裝備，有了一個臨時大帳篷後，她才真正的放下心來，心想，這下子她的小命應該比較有保障了吧……

可是，當入隊後的第三個晚上，她順應生理時鐘的召喚，從深沉美好的黑甜睡眠中醒來，擦乾嘴角的口水，從大帳篷裡爬出去準備集合操練時，她的表情再次裂開了……

老天啊！他們又急行軍換地方了啊！她居然沒有聽到集合令啊！她又被這支精銳、優秀、殘酷、無情的部隊落下了啊！

薛麗景絕望脫力的委頓在地。她知道這怪不得誰，身為士兵，行軍打仗，聽到軍令就要不顧一切的執行，她居然把集合令睡過去了，這跟逃兵無異啊……

她捧著大臉苦惱，CPU再次全速運轉：怎麼辦啊？這樣不行，真的不行啊……必須想個辦法。

她知道自己的身體素質和軍事能力都不好，縱然她的組織能力和演講才華簡直是天賦奇才（？），但是她聰明的腦袋也無法掩蓋她身體上的弱小……嗷，難道真的要用那一招？

她承認自己是有一點點的貪生怕死，還有一點點的市儈和八卦，另外也有一點點的懶惰、一點點的愛出風頭，但她還是有很多優點的！比如那個什麼和那個什麼，都非常好，優點太多了說不出來（=_=），尤其是她有很強烈的原則性，和超級強的尊嚴！

但是現在！她決定！要把她身上最後的原則和尊嚴——賣給魔鬼大人！

三塊錢一斤您收下吧……

……★……★……★……

夜很深。

白恩躺在床上，上身赤裸，下身只有一條厚實的軍裝褲。因為熱，他把褲釦都解開了。

今天他去後勤支隊看了一眼，那個女人自己找回來了，看樣子吃了不少苦頭，這讓他突然有點對不住她的感覺，但這實在也不關他的事，誰知道這世界上還有軍人能把軍令睡過去，真令人感到神奇……

反正，沒有人在屋裡打擾他的感覺，真爽……他默默將手伸到枕頭下面，摸出一張隨身珍藏的限量版晶片，晶片夾的圖片上，豐乳肥臀的女神正在搔首弄姿……

白恩摸著下巴一笑，解讀晶片，然後默默的把右手伸進褲頭裡……

「咚咚……咚咚咚……咚咚咚……」

——尼瑪，哪個不要命的敢半夜騷擾我，老子捏爆你蛋……

白恩火氣很大的下床去開門，就看到低著頭的薛麗景。

她垂著頭站在門口，微微顫抖的揪著胸前的衣服，渾身上下凌亂不堪，上衣都被扯碎了，手臂上還有血痕。

白恩剛想爆粗口喝問她，她卻緩緩抬起頭，緊咬著粉紅豐潤的下唇，臉上淚水盈盈，黑框眼鏡有些歪斜，卻遮不住她閃爍著無助悽惶的大眼睛……白恩立刻閉嘴了。怎麼回事？

薛麗景渾身顫抖的「嗚」了一聲，彷彿害怕到了極點似的，不顧一切撲進白恩懷裡，伸手緊緊的抱住他的腰，然後埋頭哭泣。

白恩驀地僵了一會兒，不知道怎麼擺手腳，很不習慣，有點想推開她，但是卻不知道合不合適。他問：「……妳怎麼回事？」

「……說啊！」

「妳他媽說話！」

「閉嘴！」

薛麗景抽抽搭搭，恬不知恥的將臉糊在白恩壯碩的胸肌上擦眼淚，終於說：「我差點被欺負了……營地裡，那麼多男的，就、就我一個女人……他們早就對我很不對勁了好不好……我好不容易逃跑出來……你、你不要再趕我走了，好嗎……」

白恩的臉色立刻變了。

這種事……不是不可能。

在如今氣氛沉痛的軍營中，士兵需要發洩，不是不能理解。

這事是他考慮不周到，他沒想到這個。

薛麗景能夠感覺到他的思考和猶豫——太棒了薛麗景，幹得漂亮，再接再厲！

儘管臉又紅又熱，抱著大男人的身體、飽受他雄性氣息的侵略讓她很不習慣，但她還是排除萬難，堅持不懈的從他懷裡抬起頭，盡量偽裝柔弱嬌花，用飽含無助的顫音道：「而且……我都說了，你是我男朋友，你要負起責任來的，但是你對我的態度，本來就讓他們不相信，如果你現在還不管我，那會讓所有人都有恃無恐一擁而上的，那我該多慘啊……你也會很沒有面子的……」

白恩皺著眉頭，他全身很僵硬，腦子很混亂，完全不知道該怎麼辦。但是……等等，怎麼又繞回「我是她男朋友」這件事上來了？這明明是個天坑啊……

薛麗景見他不表態，只好再度無恥的把頭埋進名為「白恩的胸膛」的地方，哭。

——我哭，我哭，我哭給你看！

——讓你知道女人真正的武器是什麼！

她還時不時的將頭抬起來，濕漉漉的看他一眼。

白恩煩躁的撓頭，被她哭得心裡亂七八糟的。他低頭看了她幾眼，第一次發現原來她還挺漂亮的，眼大膚白脣紅，往破碎的衣服裡一看，好像……胸也挺大的……

白恩默默的臉紅。

他亂七八糟思考完畢，緩緩的推開她，一臉煩躁的指著客廳的變形沙發道：「好吧，妳暫時睡那裡，以後衣服歸妳洗啊！」

薛麗景雙眼一亮，驚喜的抬頭，「好啊好啊好啊！」

不知道為什麼，看到她兩眼滴溜溜轉的樣子，白恩就莫名的不爽，總感覺掉坑裡了。他掃了她一眼道：「妳去洗個澡吧，我的衣服在哪裡妳知道，反正妳不是第一次穿了……」

尼瑪他居然收留了一個女內褲賊，總覺得哪裡不對勁啊……

「不准到處亂跑啊！妳要是敢進我房間，當心老子捏爆妳的……呃、脖子！」進臥室之前，白恩鄭重的恐嚇她。

「哎呀～你放心吧不會的！」薛麗景大大咧咧的擺手，低下頭翻白眼，還真以為她想對他怎麼樣呢，怎麼可能？她心裡早就有喜歡的人了……雖然……可能再也不會見面了……

洗完澡後，薛麗景非常不嫌棄的穿上了白恩的大襯衫，一件襯衫就能遮住屁股，反正天氣熱，她就沒有穿長褲了，她從這間寓所的儲物間裡拿出紙片枕頭和被子，一拍就鼓起來，很軟很舒適，她把枕頭被子鋪在變形沙發上，幸福的滾了滾。

老天啊～超軟超幸福！她抱著枕頭親了親，再次對這殘酷的生活燃起了希望——這件事，再次證明了本小姐的聰明才智和錦繡大腦！薛麗景妳真是太棒了！

正當她抱著枕頭開心時，白恩突然又從臥室裡走出來，「哦，妳把那個……」他突然停住口，頭一回親眼看到這女人穿他的衣服，大了很多號的襯衫根本遮不住嬌小曲線，一大片脖子和白腿都露在外面，過長的衣袖被她捏在手裡。

薛麗景爬起來，將滑下去的襯衣領子撈起來，問：「什麼啊？」

「哦……」白恩摸摸鼻子，「那個，是誰想欺負妳，告訴我，軍紀不能隨便破壞。」

「啊？……」薛麗景立刻背後冒汗了。誰、啊，這個……是誰呢，誰欺負了她呢……「不用啦，算了，這太傷和氣了，大家現在都在全力的開荒建設探索，人才很寶貴的，我不介意……」

「叼！老子介意！軍紀就是軍紀！妳以為我的兵都是隨便當的？！敢做就要敢認罰！我又不是為了妳！妳如實向我報告就行！」白恩瞪眼。

薛麗景真沒想到他在這上面死腦筋了，她為難了片刻，沉痛道：「好吧，那我明天把那個禽獸指給你看……」

第二天，白恩挾著長官的怒勢、雷霆萬鈞去後勤支隊找薛麗景讓她指人時，就見薛麗景慢騰騰的牽著一隻公猴子過來了。

她撇開臉，恨恨的一指道：「牠，就是牠！太壞了！非禮我，欺負我，抓破我衣服，還撓我的胳膊！」說完她不忍直視的把猴子朝著白恩一甩。

公猴子歡樂的朝白恩撲了過去，抓衣服、撓頭髮、上竄下跳找東西吃，簡直尼瑪不亦樂乎啊！

白恩黑臉，「……」咬牙切齒嘎崩脆。

番外一《薛麗景不能說的黑歷史》完

番外二✦鐵血夜旗

這是這個均恆星年的第五個月份，麗都星已經進入了雙恆星的交叉軌道，同時進入了一年中最熱的一個月；而遠在莎岩星脈的暗礁星海，卻猶如黑夜中灑下的一片霜花和雪子，沒有恆星的光芒照耀，沒有生命，只有黑暗和寒冷。

這是完全失去生命特徵的「熱寂」地區，本不該有任何生物出現。但是在暗礁星之間，卻靜靜陳列著上百艘純黑的戰艦，黑得無底的宇宙是它們最好的掩護色，在電磁干擾和能量隱形的作用下，它們集體隱身，像枕戈待旦的武士，也像等待獵物的伏獸。

獵物從遙遠的地方倉皇而來，為了躲避敵人的追捕，不惜逃入熱寂地區，它們巨大的母船船身上鏤刻著十字梟海盜團的黑骷髏標記……

五月十日，達西·西蒙上將所率的第九軍和米莉亞·薩迪斯中將所率的第四軍，於莎岩星脈的暗礁星海埋伏，準備絞殺十字梟海盜團，要求生擒敵方團長，其餘海盜，一個不留。

「上將！」

第九軍的參謀長向達西敬禮，報告道：「海盜團已進入電磁清道區，根據預演計畫，薩迪斯中將的第四軍已經潛出，正在向海盜團母船迫近！」

「嗯。」達西緩緩點頭，垂眸盯著眼前的鋼琴，雙手如同汩汩的流水，在琴鍵上輕輕流淌，琴音叮咚，舒緩寫意。

他看上去毫不在乎，纖長的睫毛讓他的側影猶如一首詩，彷彿再大的事情也不過是他頭頂的一片過路雲彩。

參謀長習以為常，併腿，輕磕腳後跟後，轉身出去。

達西前方有一面監控畫面和指戰螢幕，但他視而不見，舒緩的音樂讓他身心沉醉，心海飄忽，他輕輕閉上眼。

不需要盯著這些亂七八糟的畫面，他也能「看到」——戰場。

何必要提心吊膽的在指戰螢幕上指點驅使呢？

不過區區，海盜爾。

「咚」的一聲，達西雙手齊壓，琴聲如同緊張有力的心跳，節奏逐漸快起來。

暗沉的星海中，幾十艘戰艦突然現身，猶如驟然拔高的琴音，戰艦向海盜船發起猛烈攻擊，毫無預兆的壯麗戰鬥猛地拉開了帷幕。

海盜們被打了個猝不及防，母船受到震盪。

「逃到這裡都不放過我們？！」

十字梟海盜們的後槽牙都快咬碎了，血氣翻湧，儼然已被逼到了絕路。

海盜母船迅速打開十幾扇門扉彈射戰艦，數十艘飛船和單體機甲像劃破天際的流星一般衝出了母船，衝向戰場。

達西高高抬起的右手有力的敲擊著琴鍵，緊閉的眼簾讓他看似輕飄而忘我，但第九軍實際上已經在他的指揮下驅馳前進，靈巧的錐形先遣艦和防禦機甲從戰隊的閘口處如潮水般放出。

一場星際戰爭正式拉開了大幕，交戰的第一簇火花開始於第四軍的遠端掃射，密集的火力撲向了幽深天幕中身法鬼魅、分辨不清的突襲機甲，三架一組的海盜機甲如同專咬弱點的惡蟲，靈巧的避開火力，以不可能的速度逼近第四軍指揮主艦和偵查輔艦。

第四軍和第九軍的防禦機甲隨即洶湧而來，雙方機甲血勇相遇、短兵相接，在黑色的天幕下靈活的進退，搏擊點射，錯身交戰。

璀璨的火力如同指尖迸發的音符，盤旋交戰的戰艦如同飛速起伏的琴鍵。

血與歌，詩與火，從來都在一起。

達西雙手連彈，啟動第九軍的捕捉射線，一張如波浪般湧動的射線網從他的主艦發出，弧形向前蔓延，突入射線網的海盜飛船速度竟然漸漸變慢，而夜旗軍的機動力量卻不受影響，態勢瞬間如山崩一般一邊倒。

他彷彿聽到了那失敗者的泣血怒吼和愴然悲歌。

就如同很多年前，很多年前……

緊閉的眼前，彷彿又見父兄震驚而無奈的臉，他們看到他率先下跪，是在為他感到羞恥，為西蒙氏的未來感到茫然嗎？

——不，您錯了，父親。

達西手速更快，琴音如同激昂飛濺的水珠，直擊人心。

——這個世界，適者生存，而生存者，才有可能成為真正的勝者。

二十三年前，顏鈞帶領夜旗軍，為父復仇而來，貝阿聯盟成了熔岩火海、修羅道場，奈斯皇族的最後子孫被他一個個殺盡，馬龍．拜倫慘死，拜倫氏幾乎被滅族，拉瓦德家族岌岌可危。他還記得當時顏鈞居高臨下，對他們說的話——

「想活？……跪下。」

那日的星空迷濛晦暗，如同所有人的心，他抬頭仰望天空，那些星子如同命運編織的笑話，俯視著他。

過往的驕傲支撐著眾人戰慄的雙腿，但對失敗與死亡的恐懼卻又輕輕叩擊著他們的膝蓋。

「不跪？」顏鈞的唇角下抿，他揚起右手，夜旗軍人手中的武器同時喀拉作響。「——那死。」

「撲通……」

作為顏鈞曾經的好友，達西．西蒙閉上雙眼，率先下跪，背負著成就摯友和保全家族的心願，用雙膝為他鋪了一條路。

之後，人們屈服如潮。

達西敲擊琴鍵的雙手如同翻花一般飛舞，內心的洶湧浪頭拍打在高亢的音樂裡，拍打在回憶的灘頭上，拍打在火光激鬥的戰場中。

他的眼前掠過至死不肯彎膝的鬥奇那懶散疲乏的笑容，以及埃爾茫然下跪後又開槍自絕的血泊身影……

他腦中響起顏鈞那句話：「夜旗軍有『六翼』姓氏，生於戰鬥之中，成長於流亡路上。我想，你們或許能成為夜旗軍的第七翼，甚至更多。讓我夜旗張開羽翼——遮蔽星空吧！」

指揮艦的主控室內，來自達西上將的指令源源不斷的出現在指戰螢幕上，第九軍如臂使指、驍勇無匹。

戰場中央，被火力禁錮、毫無勝算的十字梟海盜團，此時反而一片慘澹與平靜，團長甜甜．黑骷髏深吸一口氣，深深看了一眼她的兄弟們。

她打開了全頻道通訊廣播，並且悍不畏死的打開了母船的大門。

她展開雙臂，面對無垠的星海，一臉絕望與憤怒，咬牙怒喊道：「我！蘇卡里葉．莫爾芬達．

怒薇拉．甜甜．碎石．黑骷髏！在此承認我的失敗！但你們永遠也別想得到我的求饒！我們十字梟海盜！從來只有站著死，絕對不求跪著生！兄弟們！為了黑骷髏——」

只見她突然拿出武器對準了自己的心臟！

十字梟海盜團的女戰神，在出乎所有人意料的情況，在莎岩星脈的暗礁星海上，墜下了她龐大的海盜船，帶著從胸口飄浮飛散的血珠，以及損毀嚴重的半截殘軀，向著黑暗的深淵下墜……

「團長——」

海盜們撕心裂肺的怒吼，一個個都撲到飛船大門邊，隨後淚流滿面、猙獰咬牙，一個個毫不猶豫的掏出武器結果了自己的性命，追隨著他們的首領下墜而去。

第九軍指揮主艦內，達西的琴聲驟然中斷，他震驚的起身撲到舷窗邊，腦中一時空白。

他們都知道，那個海盜團長是絕對不能死的……他實在難以料到，一貫惜命的海盜匪類竟然有此舉動。

一時間，所有人都懵了。

很遠處，一支藏匿著的戰隊中，卡美拉的安全司長洛倫無奈的揉眉心。他已經糾結了很久要不要上前插手，畢竟是卡美拉的犯罪分子，但對方又是實力強大的夜旗軍……

他看一眼那突然靜止的戰場，不明白夜旗軍那些人為什麼突然震驚安靜成這樣，在他看來，那個女魔頭的把戲實在是太漏洞百出、可笑至極了。

「妳到底是有多不重視細節啊……」

洛倫站了起來，指揮重裝一隊奔向戰場，他帶領星警們從飛船中飛出，迅速撲向不斷下墜的那群「屍體」，然後一具一具毫不留情的抄走。

向夜旗軍的兩位指揮將領通報後，他有些嫌惡的看了一眼甜甜．黑骷髏的死相，木然道：「請妳告訴我，在失重的宇宙中，妳的『屍體』是如何做到這樣一往無前、狠狠下墜的……」

在被他碰到的瞬間，甜甜團長的「屍身」默默的顫抖了一下，聽到死對頭星警頭子的質問後，團長內心狠狠的捶拳懊惱了一下，然後繼續堅強的裝死。

還能怎麼辦呢？此時不裝死，她蘇卡里葉．莫爾芬達．怒薇拉．甜甜．碎石．黑骷髏說不定會羞憤而死……這本來是多麼完美的死遁啊！

……★……★……★……

卡美拉安全司的例行新聞發布會上，反覆播放著十字梟海盜團全團被捕的畫面。畫面上，一群蓬頭垢面的海盜們一臉鬱悶，兩手被銬，被推搡著魚貫鑽入警車。

新聞發布會周圍，一名卡美拉地方臺記者對著鏡頭道：「……這是這支馳名宇宙的海盜團第三百五十次被捕，希望這一次，本星群的安全司能夠有所作為，不要讓他們那麼快越獄……」

發布會結束後，安全司長洛倫從後門逃離會場，但是被埋伏的記者們層層圍堵，他以極快的速度躲開這群同樣身手不凡的記者，順利坐上司長的座駕，身後那些記者還在拍打著車窗問問題。

這時，他右眼的瞳膜微閃，眼前出現了全息介面，有通訊接入請求。

他看了一眼號碼，並不認識，但是能知道他電話的人，一般都是不能不接的人。

他眨眼，同意通訊，電話一接通，對方就開口了。

「我是顏鈞。」

洛倫微愣，眉頭輕蹙，「您好。」

「你星系的罪犯——十字梟海盜，曾多次進犯我軍，對他們的審判，我將旁聽。」

並非要求，只是通知。這一位將軍，真是霸道如斯啊！

洛倫說：「榮幸之至。本人謹代表卡美拉安全司，熱忱歡迎您監督本星系的司法公正。」語氣卻不怎麼熱絡。

「你們的司法公正我不操心，我抱以懷疑的，是你們監獄的可靠程度。」

洛倫既驚訝又有點不快，「您的意思是……？」

「由於某些原因，那個海盜頭子不能死，但又不能放她出來亂跑。我不信任你星系的監獄防衛。我知道，你洛倫．羅蒂斯的家族有一座神秘龐大的地底城堡，其結實程度堪比一顆星球，我建議卡美拉星系和羅蒂斯家族將她關進地底深處，就由你負責監視吧……洛倫司長。」

話雖是建議，但這樣的事由他說出口，幾乎與決議沒有差別了。

要把那個女魔頭終生關進地下城？並且由他來監視？

不……

洛倫一板一眼的嚴肅面孔忽然鬱卒的垮了下來。

番外二《鐵血夜旗》完

番外三✦父子爭寵

薩爾基拉古宅內，顏宅的曄庭花園中，陽光和煦，花草清芬。

大庭園的花臺邊，坐著一大七小八個人。挺著大肚子的梁依依老師坐在前面，旁邊豎著一塊磁屑黑板；梁老師的對面，坐著七個稚嫩可愛的小蘿蔔頭，都是夜旗軍子弟。

臨近生產的梁老師，怪阿姨情結越發嚴重，越來越喜歡跟小朋友玩，而且喜歡跟走起路來肉能打抖的肥嘟嘟的可愛小朋友玩，於是迫於將軍的淫威，全軍將士們只好揮淚將自己家裡的小胖子收拾收拾，每天送到梁老師這裡聽她講一會兒故事。

梁老師自從肩負起「夜旗軍小胖子幼教」這個重大責任以來，心情一直都很高興，她講話一貫是輕聲細語、慢吞吞的，講故事也只講那種美麗的草原上動物們相親相愛呀、王子和公主幸福在一起啊之類適宜兒童的故事。

可惜，這種故事很不合這些軍派小鬼們的胃口，他們喜歡「殲星！屠城！梟雄！血流滿地！」的兒童不宜的故事，於是小胖子們聽故事的態度一直都很敷衍，各個看天看地、招貓惹狗的，置神采奕奕、溫柔高興的梁老師於不顧，其中表現最惡劣的是薛麗景的女兒——一不小心吃得有點圓的白黎寶小朋友。

隔著曄庭花園幾百公尺外，一座噴泉水池的旁邊，有一棟八層紅樓。樓上，顏將軍正與自己五歲的兒子對坐，一臉嚴肅的翻看諜報，兩父子傲慢抿嘴的表情如出一轍。

顏令從書本中悄悄抬起嬰兒肥的臉，見威嚴鐵血的父親一雙眼睛時不時的悄悄溜走，瞄一眼窗外花園邊的麻麻，然後又收回視線翻諜報，過一會兒又默默的往窗外溜一眼，而後繼續回神看諜報……

於是，他一雙漂亮黑潤的眼睛也不禁悄悄的溜走往外看，正好看到麻麻笑咪咪的抬起頭來，似乎在朝他笑呢。

他輕哼一聲迅速低下頭，說：「媽媽又在偷看我。」

顏鈞皺眉，抬起下巴往外看了一眼，不禁騷包的哼了一下，回頭不屑道：「不，她是在看我。」

顏令擰起眉頭，骨子裡的不服輸讓他抬頭瞄了一眼父親，儘管對於父威一向很崇敬害怕，但他還是忍不住「說實話」道：「不，父親，她就是在看我。你不明白，她對於兒子的病態牽掛情結有多麼嚴重，她老是……」

顏鈞立刻很不悅的打斷他的話，眼神頗為驕傲不屑道：「你才不明白！你的母親究竟有多痴迷我，你根本就不懂！……算了！」他有些輕慢的一擺手，「這些無聊的女人的事情，現在還不需要跟你講。你認真學習！不要老是東張西望！」

顏令張了張嘴，還有點想爭辯，但是在嚴父面前他一向很擅長偽裝沉穩少年，於是他再次埋頭，勤奮看書。

顏鈞將諜報放到一旁，打開秘書處上報的會議紀要，在下筆批註前，他又無意識的瞄了一眼外面。梁依依嘴巴還在一開一合的，美滋滋的講她那些愚蠢的故事，手還不經意的在她那笨重的大肚子上摸了摸。

顏鈞忽然想起上週的事，她無理取鬧發了脾氣後，知錯就改，特地挺著肚子默默的來討好他。那一天，梁依依的孕婦綜合症再次發作，發完無理取鬧的小脾氣後，她經過自我批評，明白了自己的錯誤，於是又回頭來哄顏鈞。

本來她想嫋嫋娜娜的靠過來，嬌羞的從他背後抱住他的腰，那樣子她胸前的小胖兔就會軟綿綿的依偎在顏鈞的背部，然後顏鈞就會僵硬、撇著嘴原諒她。

顏鈞很吃這一招的，但是她錯估了她現在的身材，導致她像一頭熊一樣笨重蹣跚走過去時，沒有實現「軟妹嬌花抱漢子」的曼妙場面，反而用大肚子頂了一下顏鈞的後腰，頂得他莫名其妙回過頭看著她。

梁依依非常尷尬，像螃蟹一樣挪了挪腳步變換角度，伸出一雙短手想抱他，結果大肚子不停的頂到他。

顏鈞不斷遭到夫人的大肚襲擊，表情別提多麼風雲變幻了，最終還是他自行領會了她駑鈍的示愛意圖，無可奈何的嘆一口氣，繞到她背後抱著她親了親。

想到這一類梁夫人彩衣娛夫的事情，顏鈞不禁挑起嘴角笑，但是他又想起今天中午吃飯的時候，她突然又莫名其妙發脾氣，說他做的壞事太多了，害她最近老做惡夢，勒令他改正，以後要多做好事，再也不准亂來了；還嫌棄他身上有血腥氣，殺氣太重，讓她吃得不開心，什麼「我不要吃殺氣燉蘑菇」、「我也不要吃戰場毛血旺，嘔……」，還大逆不道把他趕出去。

當然，他堂堂將軍，也懶得跟她計較，只好默默的端著碗出去跟衛兵一起蹲著吃……這真是……真是……胡鬧！

一想起梁依依的孕婦綜合症，顏鈞頭上就一腦門青筋，那真是各種奇怪的脾氣、矯情的小性子，什麼歪理都有，眼花撩亂的。陪她聊天，她嫌他講話太嗆、態度傲慢，不夠溫柔體貼；閉口不說話，她又指責他毫無耐心、不願意陪她解悶。

顏鈞向來不習慣溫柔做作，他的體貼舉動都有點彆扭僵硬，梁依依就說他一點都不真誠、不是真心疼愛她；她可以打著毛衣囉囉嗦嗦、磨磨唧唧的責怪他半個小時，中間不停頓的，末了顏鈞撇著嘴小聲頂了兩句，她就敢眼淚汪汪的嘛嘴說：「你好殘暴！」

顏鈞的眼珠子都快瞪脫窗了，還不能說她。

想起這類梁某人吃飽了閒折騰的事，顏鈞又不禁皺眉不爽。他偏頭看一眼窗外，花臺邊，梁某人還在自得其樂的哄小孩玩——其實是小孩子在哄她。

顏令悄悄抬起眼，觀察父親的表情，見他時而莫測高深的微笑，時而嚴厲的皺眉，時而不屑的撇嘴……果然是大將軍，深不可測！

他心生崇敬，默默的合上書本，深吸一口氣道：「父親！我想出去走走！」

顏鈞掃了他一眼，點頭，「去吧。」

顏令霍然起身，像模像樣的敬禮，然後出門。

一走出書房，顏令就揚起下巴背起手，端著高貴肅穆的架子在走廊中走過，臉上時不時莫測高深的微笑，和嚴厲的皺眉。

兩旁的女僕們一看到他，連忙彎下腰，對五歲的豆丁小少爺行屈膝禮道：「少爺。」然後她們被他嬰兒肥的傲慢臉萌得心肝顫抖、交頭接耳。

顏少爺斜瞥了她們一眼，不屑的撇嘴哼道：「閒聊什麼?!做事去！」

「是的，少爺。」

女僕A小聲道：「好可愛……」

女僕B小聲道：「好想捏他嚶嚶嚶……」

顏小少爺背著手走過噴泉水池，看到女僕們養的一群蒲鴨時，他背著手繞著牠們走了一圈。明明內心對毛茸茸的小動物很喜歡，但是他左顧右盼看了看，發現大庭園裡有不少人，為了維持他冷酷高貴的形象，他只好用腳尖踹了蒲鴨們幾腳以示寵愛，還把一隻蒲鴨踢到水池裡欺負，以表喜歡之情。

然後他哼了一聲，背著手繼續往麻麻那裡走。他要去監督那群不成器的兄弟們聽故事，都是些不懂規矩的野貨，他不在，麻麻怎麼壓得住他們！

那一頭，梁依依剛剛講完東郭先生與狼的故事，她喝了一口水，拍拍手，循循善誘對小朋友們說：「這個故事，給了我們什麼樣的啟發呀？」

這群熊孩子們懶洋洋的，不太願意理她，但為了照顧這位孕婦脆弱的心靈，他們還是「踴躍」的舉手答了——

「愚善是要不得的！」

「我要把狼這種狡猾的物種殺光！」

「蠢人就沒有活著的必要！」

「對於虎狼之輩不能心存幻想！」

「什麼善良和仁義都是虛偽的！利劍和炮火才是我們軍人的禮節！」

各種鐵血無情泯滅人倫的思想……

梁依依把準備好的一套主流教育說辭默默的嚥了回去，她溫和的揉了揉大肚子，清咳一陣，低頭道：「嗯，也、也是，有個古人說過，人善被人吃嘛……」

正在啃水果的白黎寶張著大嘴頓了一下，她好想告訴梁姨，是人善被人騎哦……咦，不對，好像應該是人善被人氣……

不遠處的一座涼亭下，有幾個無聊的大叔正在碎嘴圍觀。

羅奇銘看了一眼熱鬧的利嘴小動物教學現場，又看了一眼遠處樓上將軍趴在窗戶邊凝視梁孕婦、那溫柔得發騷的感動眼神，撇嘴道：「看看，看看！對比幾年前的狀態，現在簡直是枯木逢春。」

林棟說：「別這麼形容將軍，他只是皺皮老樹再開花而已。」

白恩粗魯的吐出果核，呸道：「什麼啊！明明是老馬鈴薯發黴長綠芽！」

瑞恩點頭道：「哦~你們是說，他再次煥發了內心的青春是嗎？」

陸泉喝口茶，嘆息：「嗯……反正總算是……」

圓滿啦……

眾人在和煦的陽光下勾肩搭背的笑了起來，笑聲又低又輕，輕得，像一聲滿足的嘆息。

番外三《父子爭寵》完

《廢物少女獵食記》全套三集完結，全國各大書店、租書店、網路書店，持續熱賣中！

飛小說系列108

廢物少女獵食記03（完）

這輩子只想吃你

飛小說。We Love Easyfly.

出版者■典藏閣
作　者■陸山水　繪　者■MIKI
總編輯■歐綾纖　企劃主編■PanPan
製作團隊■不思議工作室

郵撥帳號■50017206 采舍國際有限公司（郵撥購買，請另付一成郵資）
台灣出版中心■新北市中和區中山路2段366巷10號10樓
電　話■(02) 2248-7896　傳　真■(02) 2248-7758
物流中心■新北市中和區中山路2段366巷10號3樓
電　話■(02) 8245-8786　傳　真■(02) 8245-8718
ISBN■978-986-271-508-6
出版日期■2014年9月

全球華文國際市場總代理／采舍國際
地　址■新北市中和區中山路2段366巷10號3樓
電　話■(02) 8245-8786　傳　真■(02) 8245-8718

新絲路網路書店
地　址■新北市中和區中山路2段366巷10號10樓
網　址■www.silkbook.com
電　話■(02) 8245-9896
傳　真■(02) 8245-8819

☞您在什麼地方購買本書？☜

1. 便利商店（ ________ 市／縣）：☐7-11　☐全家　☐萊爾富　☐其他________

2. 網路書店：☐新絲路　☐博客來　☐金石堂　☐其他________

3. 書店（ ________ 市／縣）：☐金石堂　☐誠品　☐安利美特animate　☐其他________

姓名：________ 地址：________________

聯絡電話：________　電子郵箱：________________

您的性別：☐男　☐女　　您的生日：西元________年________月________日

（請務必填妥基本資料，以利贈品寄送）

您的職業：☐上班族　☐學生　☐服務業　☐軍警公教　☐資訊業　☐娛樂相關產業

☐自由業　☐其他________

您的學歷：☐高中（含高中以下）　☐專科、大學　☐研究所以上

☞購買前☜

您從何處得知本書：☐逛書店　☐網路廣告（網站：________）　☐親友介紹

（可複選）　☐出版書訊　☐銷售人員推薦　☐其他________

本書吸引您的原因：☐書名很好　☐封面精美　☐書腰文字　☐封底文字　☐欣賞作家

（可複選）　☐喜歡畫家　☐價格合理　☐題材有趣　☐廣告印象深刻

☐其他________

☞購買後☜

您滿意的部份：☐書名　☐封面　☐故事內容　☐版面編排　☐價格　☐贈品

（可複選）　☐其他

不滿意的部份：☐書名　☐封面　☐故事內容　☐版面編排　☐價格　☐贈品

（可複選）　☐其他

您對本書以及典藏閣的建議________________

____

____

✌未來您是否願意收到相關書訊？☐是　☐否

✍感謝您寶貴的意見✍

印刷品

$3.5
請貼
3.5元
郵票
不思議信箱
FUSIGI POST

235 新北市中和區中山路二段366巷10號10樓

華文網出版集團　收

（典藏閣－不思議工作室）

這輩子只想吃你

廢物少女爛食記 END

Novel◆陸山水　Illust◆MIKI